Méauwwi
Der Tropenplanet

von Lairgh McDougall

Méauwwi

Der Tropenplanet

Inhalt

Verfasst nach den Regeln der
neuen deutschen Rechtschreibung

Deutsche Erstveröffentlichung 11/2000
Herstellung: Libri Books on Demand
(http://www.bod.de)
Alle Illustrationen von Lairgh McDougall
© by Lairgh McDougall 2000 in Vorbereitung
Nachdruck - auch auszugsweise - nur mit
schriftlicher Genehmigung des Autors
(e-mail: Larrymore@web.de)

ISBN 3-8311-1000-X

Der Tropenplanet

Meinem Kinde Christina gewidmet

Einführung

Als ich die folgenden Erlebnisse niederschrieb, war die Erinnerung an mein bisheriges Leben lückenhaft.

Die Geschichte beginnt aus damaliger Sicht mit dem Wissensstand, den ich zu diesem Zeitpunkt hatte.

Inzwischen wurde der Hypnoseblock, der die Vorgeschichte dieses Berichtes verdeckte, vollständig aufgehoben.

Trotzdem habe ich mich entschlossen, den Bericht nicht mit Hilfe meines jetzigen Wissens zu ändern, sondern ihn in der ursprünglichen Fassung zu belassen. Ich hoffe, dass die Originalfassung etwas von der Atmosphäre und dem Geist dieser fremdartigen Erlebnisse erahnen lässt.

Der Text ist sehr knapp formuliert, da meine Gelegenheit zu schreiben, mein Schreibmaterial und sogar meine Fertigkeiten im Umgang mit dem vorhandenen Schreibmaterial begrenzt waren.

Mein besonderer Dank gilt meiner Frau, die mir stets eine treue Hilfe war, obwohl sie erst lange später in die Ereignisse eingeweiht wurde. Weitere Helfer, wie eine Wissenschaftlerin, deren Hilfe bei der Erstellung des Manuskripts ich sehr viel verdanke, müssen aus Sicherheitsgründen ungenannt bleiben.

Nun bleibt mir nur noch, dem Leser viel Freude zu wünschen, wenn er mit mir in die ungewöhnlichsten Ereignisse meines Lebens zurücktaucht.

Ein schreckliches Erwachen in der Fremde

Mein erster Eindruck war, als wäre ich in einer finsteren Höhle. Die Luft war so schwül und stickig, dass sie mir den Atem zu nehmen drohte. Die Nasenhärchen brannten. Erschrocken holte ich tief Luft, wovon ich fast ohnmächtig wurde, Arme und Beine kribbelten. Es galt, trotz der unerträglich schwülen Luft ruhig zu atmen, die Luft musste sehr sauerstoffhaltig sein.

Ich spürte, dass ich fast nackt auf einem Laken ausgebreitet lag, das sich ein bisschen wie Leder anfühlte, alles war feucht, mein ganzer Körper mit Schweiß bedeckt.

Nun erkannte ich das Geräusch, es war das Geräusch von ununterbrochen strömendem Regen, der auf Blattwerk und Wasser fällt. Ganz leise dazwischen Tierstimmen, Zikaden, Vögel, vielleicht Affen. Ich ahnte, dass ich nicht von Fenstern geschützt war und tastete nach meinem unbedeckten Körper. Tatsächlich spürte ich kleine insektenartige Tiere und Würmer und erstarrte in Panik. Ich wagte nicht, mich zu bewegen. Schließlich zitterte ich, um sie abzuschütteln, krallte mich in das Laken, es war doch eine Art Stoff, und riss daran. Mit dem Zipfel peitschte ich auf meine Glieder, wusste aber nicht, ob ich Erfolg hatte.

Dann versuchte ich etwas, was ich bereuen sollte, ich versuchte mich in das Laken einzuwickeln. Das Erste waren leichte Stromschläge, wie vom Elektrozaun, ich zog noch enger, es wurde unerträglich heiß, und zugleich eiskalt, wie eine Gleichstrombatterie an der Zunge.

In einer unerträglich langen Sekunde erfasste ich, dass in diesem fremdartigen Dschungel alles mit statischer Elektrizität aufgeladen war und man ununterbrochen geerdet sein musste.

Später erfuhr ich, dass viele der Einrichtungen mit diesen elektrischen Phänomenen zu tun hatten: Keine Fenster, kaum Kleidung, leitfähige Metalle und die Furcht, von etwas eingeschlossen zu werden oder auch nur zugedeckt, ähnlich unserer Furcht zu ersticken.

Mit einem Ruck flog das Laken von mir weg und ich lag, von einer schmerzhaften Agonie geplagt, ausgestreckt da. Bei dem Gedanken, wie das Laken wegfliegen konnte, wandte ich den Kopf und erstarrte, neben meinem Lager stand eine Gestalt. Ich wagte nicht, mich zu rühren, - sie hatte das Laken weggezogen. Sie war kleiner als ich, von rundlicher, eher weiblicher Statur, glitterartig bekleidet und ihre Augen schienen in der Dunkelheit leicht grünlich zu schimmern.

Ich schloss die Augen wieder.

Nun hörte ich draußen durch die Regenkulisse Stimmen.

Es klang nach meiner Sprache, ich hörte deutlich die Worte „...mitten in der Nacht" in einer sehr fremden Mundart.

Die Gestalt neben mir wandte sich um, seltsam leblos, schwer aber geschmeidig, mit einer unmenschlichen Zielgerichtetheit. Der Körper schien zu schwer für ein Mädchen und hatte keine Ausstrahlung, keinen Duft.

Gedämpft rief die Frau von draußen: „Isst derr Patient wach?"

Gleichmäßig tonlos antwortete die Gestalt: „Ja Ma'am, er hatte sich ins Laken verwickelt."

„Gott hilf", rief die Frau und trat herein.

„Seid Ihrr wohlauff, versteht Ihrr mich?"

Ich war zu durcheinander, um verunsichert zu sein, die Frau war ebenfalls fast nackt, war wohlgewachsen, in unbestimmbarem Alter, die Locken glänzten im Schein der Lampe rot-

6

bronzen. Auch schien sie nicht auf den Gedanken zu kommen, die Situation könne peinlich sein. Ihr ganzes Sinnen schien auf mein gesundheitliches Wohlergehen gerichtet.

Der Diener neben ihr, mit der Lampe, - irgendwie wusste ich, es war ein Diener - trug einen silbrigen Helm und auch auf der Tunika glitzerte es metallisch. Er sah aus wie ein Operettensoldat. 'Ein Kastrat,' dachte ich.

„Verrsteht Ihr mich?" fragte die Frau.

„Ja Ma'am", antwortete ich gepresst.

„Mähm ist nicht nach dem Stande!" antwortete die Frau entsetzt und vergaß völlig ihre Hilfsbereitschaft, aber ich hatte keine Ahnung, in welches Fettnäpfchen ich getreten war.

„Der Sir ist von der Fremde!" sagte der Operettensoldat mit schönklingender, aber ausdrucksloser Stimme. Sein Gesicht, es wurde von der Kristalllampe beschienen, blieb dabei unbewegt.

Umso mehr schlug die Frau die Hände zusammen und entschuldigte sich für ihre Unhöflichkeit. Sie erzählte mir, dass ich am frühen Abend hier eingeliefert worden sei. Es kämen selten Fremde. Sie sei 59(!),- nur ihr Blick ließ dies ahnen, ihre Erscheinung sah aus wie dreißig - und hätte noch nie die Ankunft eines Fremden erlebt.

Ich hörte nur halb zu und starrte wie gebannt auf die kleinen Fliegen, die im Schein der Lampe auf mir herumkrochen. Als mich eine zwickte und ich erschrak, sprach die Dienerin in dem Glitzerkleid: „Der Sir möchte etwas fragen!"

„Verrzeiht meine Unaufmerksamkeit, wass möchtet Ihr frragen?"

„Ich weiß nicht?"

„Die Biene", sie zeigte auf die Dienerin, „hat Euren Wunsch aufgefangen, trraut Euch nurr, Ihr dürrft mir vertrauen!"

„Ah, diese kleinen Biester hier, sind die gefährlich?"

„Oh nein, aber ihrr habt sehrr viele Spannungen, da sind sie besonders zahlreich. Das ist immer so - bei Fremden. Zu uns kommen sie auch, aber wir spüren es kaum".

„Stehe ich unter Arrest?"

„Nein, wäret Ihrr nicht geprüft worden, wäret ihrr niemals in unsere Welt gelangt. Und zu unseren Gesetzen habt Ihr ja gesagt, sonst hätte man Euch nicht eingelassen. Aber das Leben in unserer Welt ist Euch fremd. Karmann, ein Junge, der noch die Schule besucht, hat die Ehre angenommen, Euch in unserer Art zu leben zu unterweisen."

Langsam wurde mein Atem freier.

„Eure Diener", ich nickte ihnen zu, „Verzeihung, warum benehmen sie sich so eigenartig?"

„Unsere Diener, wie Ihr sie nennt, sind unsere Technik. Sie modulieren unsere Gedanken, Vorstellungen und Reflexe in Aktionen um. Sie sind unser Werkzeug und hüten unser Gesetz. Sie sind unser verlängerter Arm. Diese Technik ist feiner als Eure, denn sie spiegelt jede Nuance unserer Regungen wieder, auch unsere Abweichungen. Mit dieser Technik umgehen zu lernen wird wesentlich zu Euren Lektionen gehören, denn ohne diese kann man hier nicht wirksam werden. Aber zuerst müsst Ihr von Neuem essen lernen und die allereinfachsten Dinge, denn im grünen Lande unter der roten Sonne ist alles anders als bei Euch. Aber nun wird es Zeit für mich für das Gebet zum Morgen. Wache!"

„Ma'am?"

„Schick'er nach Karmann, dem Knaben!"

„Aye, Ma'am."

„Biene! Sie bereite den Trunk der labenden Kräuter. Sie menge viel Akkranatwurz hinein für den Gast!"

„Ja, Ma'am."

„Fremder Freund, Friede mit Euch, bis bald!"

7

Ein Morgen auf dem Tropenplaneten

Es war keine Morgendämmerung wie wir sie kennen. Es war mehr als wenn eine schwere Gewitterfront langsam davonzieht. Und tatsächlich wurde das Prasseln des Regens langsam weniger. Einzelne, unvermittelt grelle Sonnenstrahlen begannen den Raum auszuleuchten. Ich lag nicht in einer Höhle, wie ich zunächst vermutet hatte, sondern in einer Art holzgeschnitzten Palastkammer, die statt Fenstern und Türen nur Öffnungen ins Freie hatte. Die ersten Strahlen ließen erkennen, dass das Holz in runden Formen gedrechselt und überreichlich verziert war. Der Boden glich einer Intarsienarbeit und schien spiegelglatt poliert zu sein. Auch sah ich Vorhänge wie aus Glasperlen, perlmuttartige Spiegel, und die marmornen Säulen entpuppten sich als gebleichtes Hartholz.

Die Dienerin im Glitzerkleid, sie huschte auf ihren schweren Füßen, kehrte zurück. Sie trug einen goldenen Kelch in der Hand. Ihre Gesichtszüge waren nun sichtbar, asiatisch, aber seltsam unbestimmbar. Ich überlegte, ob ich sicher sein konnte, dass sie wirklich kein Mensch war. Die Arme und Beine, die unter dem Glitzer hervorschauten waren ebenmäßig, sie sahen sehr fest, aber wie echt aus.

Dann kreuzte sich unser Blick. Es war nicht das Kalte, Unmenschliche eines Roboters. Es war nicht das Unschuldige, Furchtsame eines Tieres. Es war schon gar nicht das Lebendige, Intensive eines Menschen. Es war ein bisschen wie die Scheinrealität eines Filmes oder eines Bildes. Ja, es war etwa wie ein geliebter Gegenstand, der mit Gedanken und Erinnerungen so voll ist, das er selbst zu leben beginnt, selbst eine Ausstrahlung hat und scheinbar zu einem sprechen kann. Nur war dieser Gegenstand zudem höchst beweglich und konnte wirklich sprechen.

„Ihr Morgentrunk, Sir."

„Muss ich den nehmen?"

„Madame Rosenholtz hat ihn extra für Sie zubereitet, Sir."

Ganz anders als unsere Roboter ging dieses Wesen auf das ein, was ich meinte und nicht auf das was ich sagte. Und aus jedem Wort war nicht die Dienerin sondern Wille und Gedanke der Herrin herauszulesen.

Bevor ich meinen Gedanken formulieren konnte sagte die Gestalt:

„Er ist absolut unschädlich, Sir."

Der erste Schluck schien mir wie eine Droge, aber es mussten eher ätherische Öle sein. Eine prickelnde Lebendigkeit perlte meinen Körper hinab.

„Gibt's hier Toilette?"

„Kommen Sie bitte mit."

Der Boden war poliert und feucht, aber unerwartet griffig.

Sie führte mich in eine Art Nische, - es ging um die Ecke, aber wieder ohne Tür - es roch nach Moos und Kräutern. Ich sollte mich auf eine Art Moosstuhl setzen.

Auf meinen unangenehm berührten Gedanken hin, dass die Dienerin nicht fortging, zuckte sie einen Schritt zurück, blieb dann aber wieder stehen, bis ich sie schließlich wegjagte, da war sie plötzlich sehr schnell. Mit meinen Plagen bis ich das Wesen der Pflanzentoilette begriffen hatte, will ich den Leser nicht langweilen.

Als ich herauskam, war die Morgenkosmetik für mich vorbereitet.

Zwei Dienerinnen, die exakt wie die erste aussahen, standen neben einer in den Boden eingelassenen Badewanne und einer Art Massagebank, wieder mit der selben Art Laken.

Es war inzwischen halb hell, die vielfältigen Schnitzereien und Malereien wurden mehr und mehr sichtbar. Das Badewasser war milchig und kühl, während die Morgenluft heiß war. Die Dienerinnen bearbeiteten mich mit schwammartigen Gegenständen.

Plötzlich schoss ein kleines Tier herein, ich sprang auf, dass mir schwarz wurde und die Dienerinnen

8

mich festhalten mussten. Es sah aus wie ein Schwimmwiesel, mit kurzem, glattem nassen Haar und frechem Gesicht. Es kam in Sprüngen näher und schnupperte. Die Dienerinnen unternahmen nichts.

Wir sahen uns in die Augen und ich spürte, dass das Tier zutraulich und an den Umgang mit Menschen gewöhnt war.

„Beißt so was?" fragte ich.

„Nein, Sir", kam es im Chor.

Nach dem Bad wurde ich nicht abgetrocknet sondern mit harzduftenden Palmwedeln abgestreift.

Das Schwimmwiesel sprang um mich herum.

Die Massagebank war ölig. Gleichförmig rieben leblose Hände mir weiteres Öl in die Haut. Wenn der Tag noch heißer war als der Morgen brauchte ich das Öl vielleicht.

Im Hintergrund stampfte jemand heran. „Is bittet , dem Sir vorgelassen zu werden".

Der Operettensoldat.

Der Operettensoldat war jetzt in Blau, sprach und bewegte sich schneller.

„Mîn Sir Karmann bittet, Sie zum Frühstück erwarten zu dürfen!"

Ich dachte mich in ihre Sprache hinein und sagte: „Bestätige er!"

Schon während ich sprach, machte er meiner Handbewegung entlang kehrt und stürmte hinaus. Es war wieder ein Doppelgänger, er hatte nicht den Charakter des Operettensoldaten.

Als ich nach meiner Kleidung verlangte, wurde mir unmissverständlich klargemacht, die paar Metallstückchen, die zur äußersten Not meine Blößen bedeckten, seien meine Kleidung. Sie selbst könnten deshalb andere Kleidung tragen, weil sie als Nichtlebewesen die Ströme und Energien vertragen könnten. Das Fell des Wanderfretts, - so nannten sie das Schwimmwiesel - , sei deshalb unproblematisch, weil es lebendig sei, ebenso meine Haare. Der

Diskussionen überdrüssig wollte ich nun zu dem Jungen.

Er war gleich nebenan, er hatte sich nämlich in mein Frühstückszimmer eingeladen!

Als ich seine Miene sah, wandelte sich mein Tag. Er strahlte über das ganze Gesicht, schüttelte herzlich meine Arme und war sichtlich begeistert, mich kennen lernen zu dürfen.

Er sah aus wie 13, die blonden Haare schienen vor Nässe dunkel, und hatte strahlende, blaue Augen. Seine Statur war sportlich, seine Haut wirkte für unsere Begriffe unnatürlich makellos. Aber so eine Dienerpuppe war er nicht, das war klar.

Er sprach dieselbe konsonantische Mundart, wie die rotbronzene Frau.

Obwohl heilfroh, meinte ich: „Hoffentlich weißt Du, worauf Du Dich eingelassen hast, ich bin für Euch eine Art Marsmensch."

Bei diesem Wort gewahrte ich eine blonde Frau in einem langen grünen Kleid, die den Ausdruck emsig aufschrieb.

Da fiel mir ein - lange Kleider - dann ist sie kein Mensch.

„CFB42 Chanelle, meine Lehrnonne," stellte Karmann vor.

„Aber greift erst einmal zu, ich werde Euch Geschmack und Art der verschiedenen Obstsorten erklären."

Auf der runden Marmorplatte waren verschiedenste Früchte drapiert. Manche sahen aus wie Äpfel, Kirschen oder schwarze Johannisbeeren, die meisten waren mir aber völlig fremd.

„Wächst das bei euch im Garten?"

„Ja, Ihr dürft übrigens Du zu mir sagen. Manche Früchte ernten wir einmal im Monat, manche im Vierteljahr, diese," er zeigte mir eine schwarze Knolle, „nur alle vier Jahre".

„Und Du kennst Dich aus, welche giftig sind?"

„Bei uns gibt es eine Regel: was nicht gut ist, schmeckt auch nicht. Ansonsten passen auch die Bienen auf, dass Ihr nichts Stacheliges esst, oder etwas Ungereiftes.

Ich kenne ungefähr 500 verschiedene Früchte auseinander."

Ich probierte etwas wie Weintrauben. Sie waren süßer und hatten ein Aroma wie Champagner. Die vermeintlichen Äpfel waren bittersüß, ein bisschen wie unsere Grapefruit. Ich schüttelte mich, aber es war belebend.

Karmann aß langsam und konzentriert Frucht für Frucht. Er schien jede zu prüfen bevor er sie wählte, ich fragte mich, wie er satt werden wollte.

Er schien meine Gedanken zu erraten: „Wundert Euch nicht, wir fragen das Leben der Frucht, ob wir sie essen sollen."

Ich legte den Apfel beiseite und wünschte mir von Herzen eine Tasse Kaffee, zwei Semmeln mit Marmelade und einen Teller Corn Flakes. Die Dienerin hörte mein Seufzen und wandte sich an mich: „Darf is Ihnen etwas bringen, Sir?"

„Haben Sie nichts Handfestes, Brot oder so was?"

Sie sah zum entgeisterten Karmann hinüber und antwortete: „Backwaren sind nur zum Abend üblich, aber mit Erlaubnis werde ich etwas holen."

Karmann reagierte nicht, sie ging fort.

Um die Stille zu durchbrechen, fragte ich: „Darf ich Dich etwas fragen?"

Er nickte.

„Du gehst zur Schule?"

„Ja."

„Wohnst Du bei Deinen Eltern?"

„Nur in der selben Dorfgruppe. Ich wohne mit anderen Schülern in einer Wohnung."

„Auch Schülerinnen?"

Er errötete kaum wahrnehmbar. „Nur Männer."

Er hielt sich also für einen Mann.

„Hast Du einen bestimmten Auftrag, was Du mit mir besprechen sollst?"

Er verriet sich durch ein leises Zögern. „Meine Aufgabe ist es, Euch in alles einzuweisen, was man bei uns zum Leben braucht."

Man hatte ihn instruiert, das war klar.

Ich spürte, dass er unter meinen Gedanken litt, dass er es gut mit mir meinte, sich aber an seine Vorgaben halten musste. Jetzt galt es, ihm eine Brücke zu bauen:

„Was wünscht Du Dir von mir?"

„Euch unsere schöne Welt zeigen zu dürfen und Euch ein guter Führer sein zu dürfen."

„Hast Du Geld?"

Das kannte er nicht.

„Woher bekommst Du das Essen?"

„Aus dem Garten."

„Wer hat die Wohnung gebaut?"

„Männer von der Baugruppe."

„Wer bezahlt sie?"

„Wer entgilt sie?" warf der Lehrandroid dazwischen.

Karmanns Gesicht hellte sich auf.

„Das Gesetz lehrt uns zu arbeiten. Jeder trägt seinen Teil zur Gemeinschaft bei. Will ich etwas für mich persönlich, tausche ich oder schaffe ein Entgelt. Oder, - so ist es oft -, ich bekomme es geschenkt."

„Gehören die Diener Dir?"

„Land, Diener, Lebensformen, die Schätze des Bodens und des Wassers und die Früchte des Geistes gehören keinem allein. Die Diener sind aber auf meine Frequenz ausgerichtet."

Dabei tippte er sich auf die Stirn und hielt seinen linken Arm mit seinem seltsamen elektronischen Armband hoch. Alle hier hatten so etwas. Ich hatte es selbst auch, ich wollte die Handschelle schon entfernen, es ging aber nicht.

„Ist das ein Geheimnis, wie diese Diener funktionieren?"

„Nein, ganz und gar nicht, es gehört zu meinen Spezialitäten, die Funktion zu erklären."

10

Die geheimnisvollen Diener

Das Brot wurde serviert. Es war dünn und fladenartig und schmeckte salzlos.

Karmann sah mir bedauernd zu und wandte sich an die Dienerin:

„Chila, sie wird jetzt die Befehle dieses Sirs entgegennehmen."

„Ja, Sir."

„Befehlt ihr nun irgendwas, was Ihr wollt," ermunterte er mich.

„Mach' Kopfstand!"

Nichts geschah. Karmann sah mich nur erstaunt an. Als wollte er sagen: 'Der Mann versteht ja wirklich nichts.'

„Hau mir eine runter!"

Nichts.

Ich hob den Arm mit dem elektronischen Armband.

„Hau mir eine runter!"

Ich stand auf, packte sie, und schrie ihr aus Leibeskräften ins Gesicht: „Hau mir eine runter!"

Ich holte aus, um ihr eine runterzuhauen, sie wich aber geschmeidig meinem Schlag aus, als wenn sie ihn vorausgesehen hätte und fing meinen ins Leere gehenden Arm auf.

Karmann stand jetzt neben mir. „So geht das nicht. Wollt Ihr lieber mit der Theorie anfangen?"

„Nee, danke. Erklär' mir lieber, wie so'n Ding funktioniert. Mal reagiert sie auf Fragen, mal muss man heftig werden, mal muss ich nur denken und schon reagiert sie. Wieso? Wie macht ihr das?"

„Jeder Mensch hat seine ureigenste Frequenz, wir nennen sie die Gehirnfrequenz. Die Diener werden auch Gedankenverstärker genannt. Die Strahlungsmelodie wird erfasst, abgeglichen und wird wirksam."

Ich nahm ein Glas und warf es nach der Dienerin. Die Wache schoss vor und fing es in der Luft, wie ein Baseball-Spieler. Er stand auf, stellte das Glas auf den Tisch und nahm wieder seine Hab-Acht-Stellung ein.

„Wie heißt du?" fragte ich die Dienerin.

„Chila DFD44K."

„Bist Du in Karmann verliebt?"

Karmann errötete leicht. Sie antwortete nicht.

„Entschuldige, Karmann, aber trotzdem, wieso antwortet sie nicht?"

„Das ist doch kein Mensch! Wenn diese Struktur keine Gedanken erfassen kann, auf die sie reagieren kann, funktioniert sie nicht. Wenn Euer Arm sich heben soll, müsst ihr ihm den Befehl dazu zudenken. Je klarer der Gedanke, desto klarer das Bild. Je mehr berücksichtigt ist, was der Arm kann, desto treffsicherer das Ergebnis. Je mehr die Allharmonie in dem Gedanken mitschwingt, desto harmonischer und gesünder die Bewegung."

Ich dachte nach. Klar, realitätsbezogen und irgendwie ohne an sich zu denken!

Neben mir hüpfte ein kleiner Vogel.

Ich konzentrierte mich auf den Vogel und einige Beeren, die auf den Boden gefallen waren und die der Vogel anstarrte.

„Gib die Beere dem Vogel."

Sehr schnell beugte sie sich herunter, nahm genau die Beere, die ich im Auge hatte und reichte sie dem Vogel.

Erschreckt flog der Vogel davon.

„Schon besser," sagte Karmann, „aber Ihr habt nicht hineingelegt, die Beere vorsichtig anzubieten. Die Bienen sind auf Wassergedanken gestimmt. Sie filtern jede Gefühlsnuance heraus. Die Wachen sind auf Feuergedanken ausgelegt. Sie reagieren besonders auf Gedanken die die Qualität des Feuers haben: schnell, instinktiv, reflexartig, eindeutig."

Es war mehr, als ich im Moment fassen konnte. Ich bat mir eine Pause aus, um über das alles nachdenken zu können. Karmann war einverstanden, ein bisschen in das Land hinauszugehen, damit ich mir einen Eindruck verschaffen konnte.

Wir erklommen einen Steinpfad, der in den Dschungel über meiner Behausung führte.

Die Vegetation war gigantisch. Das Blätterdach der Bäume wölbte sich wie

Dome über uns. Obwohl überall das Sonnenlicht hineinschien fühlte ich mich vom Urwald verschluckt. Unten waren, wo man hinsah, leuchtend rote Blüten, teils auch Knospen, teils schon verblüht.

Der Pfad war mit knöcheltiefem Moos bedeckt, eine Wohltat für die Füße nach den Steinen. Nach einer Zeit sah ich, dass es künstlich so gepflanzt war.

Alles war feucht, von dem vielen Regen, aber nirgendwo stand das Wasser. Kleine Mücken flogen wie Staubwolken vor uns auf. Schmetterlinge, Libellen und unbekannte Insektenarten füllten die Luft. Ein gibbonähnlicher Affe kletterte durch das Lianengewirr vor uns her.

Wir kamen an eine unüberwindliche Bodenspalte, ich sah aber keine Brücke. Karmann führte uns hinunter. Unten, in einer kunstvoll geschnitzten Laube, war eine Dienerin beim Putzen.

Wir bekamen etwas zu trinken, die Leute hier trinken überhaupt ständig etwas, und aßen eine kleine Nuss.

Karmann führte uns direkt in einen kleinen Teich hinein, in dem wir bis zur Hüfte versanken. Auch die Diener mit ihrer Montur und Ausrüstung gingen einfach hindurch, es schien ganz normal zu sein.

Das Wasser war sicher nicht kalt, aber in diesem Klima angenehm kühl.

Schlingpflanzen gingen um die Beine und die leichte Strömung des Gewässers war nun spürbar. Um uns schwammen kleine Fische.

Wir kletterten wieder hinauf.

Der Wald wurde dunkler.

Aus einer feuchten Senke drangen knarzende Geräusche. Die anderen blieben stehen.

Dunkle, hühnenhafte Gestalten zerrten Holzblöcke auf einen Panzer.

„Morloks", dachte ich und erstarrte.

„Erst habe ich die Eloi kenngelernt, jetzt kommen die Morloks !"

Die Wache sprang mir zur Seite.

„Sir?"

„Wer sind die?", flüsterte ich, fluchtbereit.

„Arbeiter, Hauer," antwortete Karmann.

„Sie tun uns nichts?"

„Alle Diener sind auf das All-Leben abgestimmt. Sie können uns nichts tun."

Gebannt starrte ich auf die Gestalten, die mannsstarke Wurzeln von Hand wegschleppten. Ich hatte mich schon gewundert, keine Spuren von Industrie entdeckt zu haben. Ob es wohl unterirdische Fabriken gab, in denen solche Golems arbeiteten. Ich hoffte darauf, es herauszufinden.

Wir gingen unter Lagersilos für irgendwelche Fasern hindurch, sie standen auf Stelzen meterhoch über dem Boden.

Der Wald wurde wieder lichter, alles war übersät mit blutroten Blumen. Alles in blutrot, auf die Dauer ein unerträglicher Anblick.

Wir trafen auf ein vielleicht zehnjähriges Mädchen, das mit fünf Dienerinnen rote Blütenblätter in riesige Säcke stopfte. Sie war noch nackter als die Erwachsenen und hatte einen gelenkigen Körper wie ein junges Tier. Sie hatte pechschwarze Haare und war hell milchkaffeebraun, sie sah aus wie auf einem Bild in der Südsee.

„Friede mit Dir, Alo'ha", grüßte Karmann.

„Hallo, Karmih!" kam es frech zurück.

„Wieso bist Du nicht in der Schule?" fragte Karmann streng.

„Unsere Lehrerin spricht heute vor der Akademie!"

„Und was machst Du hier?"

„Blüten pflücken für Urgroßmutter. Darf ich mitkommen?"

„Ich dachte, Du wolltest für Deine Urgroßmutter etwas tun?"

„Bin schon fertig", sagte sie und lachte. *S'Nauffé,* befahl sie, „geht ihr zur Uroma, liefert ihr. Sagt ihr keine weiteren Nachrichten."

Ohne einen Augenblick zu zögern drehten die sonderbaren Dienerinnen mit einem Ruck die Säcke zu, warfen sie sich nach Südseeart auf den Kopf und balancierten sie im Gänsemarsch davon.

Das Südseemädchen trat an mich heran. „Ein Fremder. Wie interessant."

„Er ist neu hier, ich bin für ihn verantwortlich," sagte Karmann streng.

„Aha." Sie lachte verschmitzt.

Eine Wache in braun schloss sich uns an, wohl der Leibwächter des Mädchens.

„Habt ihr immer Personal dabei?"

„Immer."

Es wurde noch lichter, ich sah einige Springbrunnen und einige Dienerinnen bei der Gartenarbeit.

„Gehen wir durch ein Anwesen?"

„Nur über den Außenbereich. Den Innenbereich darf man nicht betreten ohne um Erlaubnis gebeten zu haben."

Mir war trotzdem nicht ganz wohl dabei. Wir kamen an einen See, und die Gebäude, die in den See hineinragten, waren offensichtlich Privatbesitz. Karmann schickte seine Wache voraus.

Wir erreichten ein Schilffeld. Dort hatte ich den offensten Blick, den ich auf dieses dichtbewachsene Land bisher erhaschen konnte.

Vor uns waren Karmanns Wache und zwei Morloks, negroide, muskulöse Hünen, gerade damit beschäftigt, eine Sitzfläche mit Geländer zusammenzubauen.

Wir ließen uns dort nieder, eine neue Dienerin brachte schon wieder Getränke.

Nun konnte Karmann noch ein paar Sachen loswerden. Er zeigte mir, wie ich hier tiefer, aber langsamer atmen müsse, da die Luft reicher an Sauerstoff und Edelgasen sei als meine.

Wenn es richtig heiß sei, und das sagte er, obwohl mein ganzer Körper jetzt schon mit Schweiß bedeckt war, dürfe ich keine zu schnellen Bewegungen machen, sondern müsse langsam und gleichmäßig arbeiten. - Wie kam er denn auf arbeiten, musste man in diesem Dampfbad, wo alles

von übereifrigen Robotern wimmelte, auch noch arbeiten? Ja, zehn bis zwölf Stunden pro Tag arbeite man für das Gemeinwesen, so sei es Gesetz und Sitte. - Ich fiel fast in Ohnmacht.

Aber für mich als Fremden gelte das jetzt noch nicht .

„Was arbeitet Dein Vater?"

„Er ist Baumeister in einer Werft für Hausboote."

„Und Deine Mutter?"

„Sie pflanzt Zierblumen, lernt Gartenbienen ein, malt spirituelle Miniaturen und arbeitet für mich und meine beiden Schwestern."

Das Mädchen, das die ganze Zeit stumm, aber interessiert zugehört hatte, verabschiedete sich. Sie wolle ihren Hund für mich suchen.

„Und Du Karmann, willst nichts über mich wissen?"

„Es gehört nicht zu meinen Aufgaben. Außerdem wissen *sie* sehr genau über Euch Bescheid." Er stockte.

„So jung und nur Pflichten. Hast Du keine Hobbys, nichts, was Du gerne tust?"

„Ich gehe gerne in die Schule, ich schleife Mineralien und interessiere mich für Sterne, das sind andere Himmelskörper, die man von Himmelsgleitern aus sehen kann. Später möcht ich einmal ein Kybernetikspezialist für Diener werden.

Aber nun müsst Ihr mich für eine Weile entschuldigen, ich muss zu einem alten Mann, den ich betreue."

Er winkte einer Dienerin, die zu dem Grundstück gehörte und ließ mich mit den übrigen Dienern allein zurück.

Schon im Laufe des Vormittags wurde die Sonne unerträglich heiß. Die Haut schien mir zu verbrennen und in meiner Angst sah ich sie schon in Fetzen herunterhängen.

Andererseits waren die Menschen hier nicht braun gebrannt, und die Verhältnisse hatten auch kaum dunkle Menschentypen hervorgebracht.

So wurde mir bewusst, dass die Sonne nur in meiner Vorstellung so sehr brannte, tatsächlich war ihre Strahlung in diesem unerträglich heißen Land nur milde.

Der Himmel war nun wolkenlos. Er war blau aber milchig, von unbestimmbarer Tiefe. Die rötliche Sonne blendete kaum, wenn ich es wagte, hineinzuschauen.

An einer Stelle ließ sich über den See hinweg der Horizont erahnen, er war konturlos und ich sah nicht genau, wo der Himmel anfing.

Mitten unter unzähligen Tierstimmen, die zirpten, raunten, sangen, piepsten, umfing mich eine unbeschreibliche Ruhe. Sie ging auch von den uralten Eisenbäumen aus, die bis 100 Meter über das Ufer ragten.

Ein Flugobjekt - wir würden sagen eine 'fliegende Untertasse' - zog ihre Bahn. Ich hörte keinen Laut.

Das Südseekind kam zurück. Sie kam mit einem silberweißen Hund, der aber wie ein Bär aussah. Bei näherem Hinsehen war es auch einer. Aber es war dort ein verbreitetes Haustier.

Sie waren aber nicht zahm und wohnten auch nicht im Haus, sie wurden nicht von den Menschen gehalten, sondern sie begleiteten die Menschen von sich aus, wenn man sie nicht wegschickte.

Ihr silberweißer Bär beschnupperte mich ausgiebig und leckte meine Füße ab. Sie selbst ließ sich von der Dienerin Fruchtsaft einschenken und betrachtete mich.

Es war ein Gefühl, als wenn man am Badestrand auf seine Figur hin betrachtet wird, aber es war doch anders, ich spürte, sie las aus der Spannung meiner Muskeln, aus dem

14

Winkel meiner Arme meine Gefühle heraus, wie ich mich fühlte, bei der Hitze, mit den Insekten, den vom barfuß gehen geschundenen Füßen, verwirrt von der fremden Umgebung.

Ihre schwarzen Augen blickten mich betroffen an, ich merkte, sie selbst hatte ihre Umgebung niemals so empfunden. Diese Welt, die von Eindringlingen die „grüne Hölle" genannt worden war, war die einzige, die sie sich vorstellen konnte.

„Weißt Du, wo ich wohne?"

„Nein", antwortete ich.

Sie deutete über den See hoch in die Bäume.

Ich verstand nicht. Ich sah Vögel von den Bäumen abheben, sie mussten sehr groß sein, größer als unsere Schwäne.

„M'rara," sagte das Kind, „sie wohnen bei uns."

„Habt ihr gar keine Angst vor Tieren?"

„Schlangen darf man nicht ärgern", antwortete das Kind. „Spitzfischen soll man ausweichen. Man darf nie auf einen Kratzfüßler treten. Du musst fest aufpassen, wenn ein graues Riesenmammut kommt, dass es Dich auch sieht, damit Dir nichts passiert.

Meine Mutter hat mich von klein an gelehrt, dass ich vor unseren Freunden, den Tieren Respekt haben muss!"

„Habt ihr keine Raubtiere?"

„Weiß ich nicht."

„Wer frisst denn die anderen Tiere auf?"

„Der große Rüssler, unser Ñ'gongu", sie zeigte auf den Hundebär, „und vor allem die weißen Maden fressen die Tiere auf, wenn sie tot sind."

„Du kennst Dich gut aus mit den Tieren."

„Unser Volk weiß alles über die Tiere", sagte das Mädchen stolz. „Sie sind unsere Freunde."

„Und sind die Menschen von meiner Rasse auch eure Freunde?"

Sie überlegte ein wenig.

„Unsere Lehrerin sagt, es gibt nur ein Volk. Aber so wie das Erdschwein nicht auf den Bäumen leben möchte und die Fledermaus nicht in den Wassern tauchen möchte, so möchten wir nicht anders leben als unser Volk.

Trotzdem ist das Erdschwein der Freund des Eichhörnchens und die Fledermaus der Freund des Delphins."

Ich schloss die Augen um die Schulwelt des Mädchens in mich aufnehmen zu können und überlegte, was ich über ihre Gesellschaft herauslesen konnte.

Das Südseekind musste eine andere Muttersprache haben, sie sprach meine Sprache zu akzentfrei, zu schulmäßig.

Ich wollte so vieles fragen, ich hoffte ihr etwas über die Ungereimtheiten, die Zwiespältigkeiten ihrer Welt entlocken zu können.

Das Mädchen war spürbar befremdet, aber ihr natürliches Vertrauen war zu stark, als dass sie sich zurückgezogen hätte.

Die Wache reagierte auf die Situation und trat zwei Schritte näher heran, offenbar um schneller eingreifen zu können.

Nach einigem Überlegen fragte ich:

„Gibt es bei Euch Soldaten?"

Sie zögerte. „Soldaten haben nur die Solarier."

„Wer sind die Solarier?"

Ihr Gesicht verfinsterte sich. „Die Solarier leben in der Welt außerhalb, in den Winterlanden, sie sind böse und töten Menschen und Tiere."

„Und ihr tut das nicht?"

„Nein."

„Auch keine Solarier?"

„Die Solarier..."

Die Wache trat ruckartig vor „Is hat Befehl, Informationen über militärische Geheimnisse nicht zuzulassen, Lassie.

Verzeihung, Sir. Is muss Sie bitten, sich mit diesen Fragen an offizielle Stellen zu wenden, Sir."

Aha, endlich war ich dem, was an dem Ganzen einfach faul sein musste, näher gekommen.

„Wem untersteht er?"

„Karmann, Sir."

„Welche Instanz hat ihm die Nachrichtensperre vorgeschrieben."

„Die All-Sicherheit, Sir."

„Was ist die All-Sicherheit?"

„Wenden Sie sich bitte an die zuständigen Stellen, Sir."

Auf mein Aufrichten hin setzte er hinzu: „Karmann kann Sie vermitteln."

Ich überlegte, für wie totalitär und gefährlich ich das Regime halten sollte und wie ich mehr herausbekommen könnte.

Die Wache schaute starr, aber das Mädchen war entsetzt. „Seid Ihr ein Solarier?", fragte sie tonlos.

„Nein, bestimmt nicht." Die Situation wurde langsam unangenehm.

„Muss weg..." murmelte das Südseekind und verschwand, so schnell ihre Beine sie trugen.

Der Hundebär sah sich verständnislos um und setzte ihr nach.

Die Wache des Kindes hatte einiges zu Karmanns Wache in abgehackter Kürzelsprache gesagt und trabte nun in schwerem Dauerlauf hinterher. Zu plump wahrscheinlich, um das flinke Kind einzuholen.

Nun war ich mit Wache und Dienerin allein und überlegte. Wie konnte ich mehr herausfinden, ohne dass die Wache eingriff. Sie würde mir nichts tun, das wusste ich schon. Sie würde mich aber verfolgen. Sie war unbestechlich. Konnte sie mit meinen Gedanken etwas anfangen? Anscheinend nicht. Ich wandte mich zur Dienerin:

„Schläfst Du nie?".

„Alle Einheiten werden zwei Stunden pro Tag aufgeladen. Bei mî kurz nach Mitternacht."

„Isst Du?"

„Die Stoffumwandlung erfolgt bei der Energieaufnahme."

„Ich hatte Dir befohlen, mir eine runterzuhauen. Was ist da in Dir abgelaufen? Hast Du dafür ein Gedächtnis?"

„Der Befehl enthielt keinen positiven Hauptstrahl, den is hätte durchführen können."

„Aber im Vögel füttern war so'n positiver Hauptstrahl?"

„Im Wunsch, dem Vogel zu dienen war Licht. Is konnte den Befehl umsetzen."

„Hast Du Bewusstsein Deiner selbst?"

„Das Bewusstsein mîner Materiestruktur ist neutral und unter dem der Mineralien. Was als Bewusstsein aufscheint, ist die Bewusstseinskraft von Gedanken. Sie sprechen und wirken durch mî, sie werden durch mî sichtbar."

Ich verstand es nicht.

„Aber der Gedanke, mich zu schlagen, wurde nicht durch Dich wirksam?"

„Gedankenverstärker sind eine schreckliche Waffe. Wir sind abgestimmt, zu dienen. Gedanken, die sich nicht der höchsten Lichtfrequenz hinneigen, können wî nicht verarbeiten."

„Wie sprecht ihr untereinander?"

„Wî bemerken us durch Wahrnehmung. Wî übermitteln den Strahlungsinhalt von Gedanken auch in Rudimentworten."

Mir schwirrte der Kopf.

„Gibt's hier irgend'n Ort, wo man als Mensch mal zur Besinnung kommen kann?"

„Im Uferwald, an der Mündung des Baches ist eine Kapelle."

'O nein,' dachte ich.

„Bring' mich hin," sagte ich.

Sie sagte zu einer Dienerin vom Haus etwas von Kapelle und wo Karmann uns finden könnte in ihrer Kürzelsprache.

Es ging über einen schmalen Pfad durch nasses Unterholz.

Einmal sprang vor uns ein tonnenartiges Tier zur Seite und stürzte sich ins dunkle Wasser.

Die Kapelle war keine Kapelle. Es war ein kühler, wurzelüberwachsener Ort im Felsen, mit einem Sitz genau Richtung Sonne, ausgeschmückt mit Edelsteinen. Im Gegensatz zur Toilette verfolgten mich die Diener hier hinein nicht. Es fröstelte mich zunächst, aber ich wurde schnell ruhiger. Die Edelsteine schienen das Geladene dieser

Welt ein wenig abzuschwächen. Ich spürte, dass sich hier öfters jemand niederließ, obwohl es penibel sauber war.

Ich ließ die Fülle der Ereignisse an mir vorbeigleiten. Ich wusste, dass ich mich in meiner Welt freiwillig für diese Reise gemeldet hatte. Ich hatte zustimmen müssen, dass in meiner Erinnerung etwas fehlen wird, aber ich spürte noch, dass die Angelegenheit für diese und auch für meine Welt sehr wichtig war. Da ich nicht wusste, um was es ging, entschloss ich mich, meine Gastgeber nicht mehr zu sehr zu drangsalieren, sondern mich lieber unauffällig in das Leben hier zu integrieren, um von da aus zu meinem eigentlichen Ziel zurückzufinden.

Sie hatten Recht, ich musste erst einmal hier leben lernen.

Ich lehnte mich zurück. Was mochten sie für eine Religion haben? Kein einziges Symbol war zu sehen. Die Diener, die mich ständig im Namen irgendeines Gesetzes überwachten, hatten mir für die Kapelle nichts mitgegeben.

Als ich hinaustrat, kam es mir noch heißer vor. Der Weg weiter hinab zum See war dunkel und schmal, und ich war das Barfußlaufen auf glitschigen Steinen nicht gewöhnt.

Plötzlich kam mir eine Gestalt entgegen und ich erschrak. Sie sah aus wie ein uralter mumifizierter Mann. Sie erblickte mich und steuerte auf mich zu. Wie eine uralte, ausgemergelte Baumwurzel war sie dürr, aber auf ihre Weise schön. Ihre Augen trafen mich wie zwei schwarze Kohlen und durchmaßen mein ganzes Leben. Es war, als würde das eingefallene Etwas von einem sehr starken Willen, einem wachen, tiefgründigen Geist zusammengehalten.

Die Gestalt kniete behände nieder und knarrte mit der Stimme einer uralten Frau: „Edler Fremder, vergeltet nicht übel meinem Kinde, dass es Euch mangelnden Wissens gar garstig beleidigt."

Nun erst sah ich das Südseekind, das betreten hinter ihr stand.

„Aber ich bitte Euch, gute Frau, ich bin überhaupt nicht beleidigt", wiegelte ich ab, und hoffte, dass sie eine Frau war, „Euer Kind hat sich ganz normal benommen für sein Alter."

Sie hob den Kopf und ich erspürte eine Prise Spott in ihrer unbeweglichen Mumienmine.

„Unser Volk hat strenge Sitten. Handelt der unseren eine gegen das Gastrecht, so kann es nicht ohne Ruch bleiben für unser Volk. Ihr müsst unserer Tochter von Herzen verzeihen, dass sie Euch für einen Solarier gehalten."

„O ja, ich verzeihe".

Das Mädchen kam mit Tränen in den Augen auf mich zu. „Ich zeige Dir unser Dorf!" Die Alte zischte etwas in einer fremden vokalischen Sprache. „Ich zeige Euch unser Dorf", wiederholte das Mädchen.

„Das freut mich aber", ich lächelte ihr zu und ließ mich bereitwillig an der Hand nehmen und an den Strand führen.

Aus der Nähe sah ich, dass die Alte wirklich eine Frau war.

In ihrem geschnitzten und bemalten Einbaum saßen acht negroide Morloks als Ruderer. Sie bewegten das Boot pfeilschnell über das Wasser.

Wir kamen an einem marmorschimmernden Bootshaus aus Hartholz vorüber. Die Alte stieß einen Code aus schrillen Pfiffen aus.

Eine blonde Dienerin in Weiß trat ans Fenster. Die Alte befahl in sehr scharfem Ton, Karmann zu melden dass ich das Walla-Walla-Dorf besuche. Sie dachte an alles.

Sie schien hochzufrieden, dass die Ordnung ihres Stammes wiederhergestellt war.

Wir hatten ein Meer von Seerosen durchquert und schossen jetzt über offenes Wasser. Die rötliche Sonne spiegelte, blendete aber nicht. Fische sprangen uns zur Seite übers Wasser.

Gleichmäßig klatschten die Ruder, entfernt sangen die Vögel, sonst herrschte eine tiefe Stille.

Da erhob die Alte ihre Stimme und sang ein durchdringend langsames Lied, es erinnerte mich an einen indianischen Totengesang. Ich schaute betreten ins glitzernde Wasser. Das Südseemädchen stimmte in ihrer hohen Tonlage ein. Die Dienerin nahm eine mit Saiten bespannte längliche Trommel und zupfte virtuos, aber monoton eine Melodie dazu.

Ich war zu verzaubert, um mich zu rühren. Aus der Melodie, dem Wasser, dem überwucherten Ufer stieg das Ahnen über diese Kultur herauf. Ihre tiefe Anbetung für alles Lebendige, ihr Mitschwingen im Rhythmus von Werden und Vergehen, ihr Zugehörigkeitsgefühl zu einer höheren Ordnung, ihre Toleranz gegenüber anderen Völkern, aber auch ihr Stolz und ihre Zähigkeit, ihre hohen Geistesschätze niemals zu verraten.

In gewisser Weise waren sie der sonnenhaften Kultur Karmanns ähnlich, aber doch auch so verschieden, dass ich Respekt bekam, dass diese Völker hier in Frieden wie ein Volk lebten.

Das Ufer näherte sich und die Bäume wurden größer, größer und größer. Und wir hatten das Ufer immer noch nicht erreicht.

Turmhoch wölbten sich die Baumkronen, als wir in einen kleinen Kanal im Unterschilf einfuhren. Ich sah bedrohliche Warnfiguren aus Holz, es gab sie oft hier, wie ich erfuhr. Sie warnten vor alten Bäumen, die Äste verloren. Das konnte tödlich sein, aus fast 100 Meter Höhe.

17

Bei den Walla Walla

Im fast dunklen Wald stiegen wir aus. Wir wateten teils durch Wasser, teils gingen wir über schwankende Hängebrücken, die zwischen den hausgroßen Baumstämmen gespannt waren. Der Gleichgewichtssinn der Südseemenschen war unglaublich, ich, aber auch die Diener hangelten sich mühsam dahin.

Schließlich kamen wir zu einem gigantischen, schwarz versteinerten Baumstumpf, der wie die geschnitzte Kathedrale von Salesbury aussah.

Er war teilweise ausgehöhlt und außerdem mit lauter Erkern behängt.

Nicht ohne Schrecken begann ich den Aufstieg in einer Leitertreppe, die von einem Holzgeflechtgitter umgeben war, das aber den Blick in die Tiefe freiließ. Die Diener waren mit irgendeinem Lift gefahren. Das verlangte ich nun auch für mich! Mit dem Geschlossenen könne ich als Mensch nicht fahren, nur Lasten und Diener, aber vielleicht traue ich mir die Seiltreppe zu. Die Alte zeigte auf einen Mann, der an einem Seil in einer vergitterten Rinne ziemlich schnell die glatt gehobelte Wand hochlief.

Ich lehnte dankend ab.

Als ich in der schrecklichen Hitze oben angekommen war, war ich zu Tode erschöpft. Alo'ha war fort.

In einer phantasievoll bemalten Kammer bearbeiteten mich eine junge Frau und eine Dienerin mit belebendem Kräuterschlamm. Gott sei Dank erlaubte mein Zustand nicht, mich von den Reizen der Frau verwirren zu lassen. Sie schien auf so einen Gedanken nicht zu kommen, bestimmt war sie verheiratet und hatte Kinder und hatte wahrscheinlich auch eine strenge Ururgroßmutter.

Die M'rara, silberweiße Riesenschwäne mit intelligenten Augen gingen umher als wären sie hier zu Hause, ähnlich unseren Katzen.

Vor mir war ein Blick wie aus Hochhausfenstern ohne Glas. Es wehte ständig ein kalter Luftzug, was nicht heißt, dass es für unsere Begriffe nicht immer noch sehr heiß gewesen wäre.

Ich hatte eine Zeit lang geschlafen. Dann wurde ich zum Palaver eingeladen. Das fand in einem Raum statt, der, an einer Art Kran über den Stamm hinausgehängt, in einem Korb lag. Er schwankte leicht, wenn jemand hinein- oder herausging. Da saßen lauter ältere Stammesmitglieder auf dem runden Rand des Raumes. Sie waren bei guter Gesundheit, die Alten auch hier lederartig und wie alte Wurzeln. Es wurde wenig und gemessen gesprochen. Ein junger Mann spielte leise und monoton auf einer Holzflöte.

Wie beiläufig sprachen wir über mein Hiersein. Ich spürte aber, die Alten nahmen mich wie ein Zeichen, wie eine Himmelserscheinung, sie lasen aus der Tatsache meines Hierseins und den Umständen die Ereignisse, die kommen würden. Ich spürte, diese Menschen waren so unpolitisch wie der Wald um sie. Sie wollten keinen Krieg. Sie wollten nicht an die Macht. Sie wollten ihre Welt schützen und dem Leben demütig dienen, das sie um sich und auch in sich empfanden.

Sie sprachen oft ihre Sprache, verstanden meine aber perfekt. Ich aber begriff wenig.

Ein waldfarbener Wachbote trat ein, es sei Zeit für mich zu gehen, ich sei in Karmanns Dorf eingeladen.

Widerspruchslos nahm die Runde meinen Aufbruch hin. Karmanns Kultur war wie der junge, dynamische Flegel, dessen dreiste Vorherrschaft von den Älteren geduldet wird.

An den Rücken des Wachboten angeseilt, ging es die Seiltreppe schnell aber endlos lange herunter. Die Elektrostatik war sehr unangenehm dort, wo ich in auf den Stoff der Uniform festgebunden war.

Zwei weitere Wachen, beide in Blau und Silber, holten mich ab.

Wir gingen zu einer Spalte, dort stand ein ovales, metallfarbenes Auto. Es schien allerdings über dem Boden zu schweben. Beim Einsteigen schwankte es, ähnlich wie bei einer Gondel. Ein Wachmann setze sich ans Lenkgestänge. Die Sitze waren aus diesem lederartigen Lakenstoff. Die Luft hier unten war unerträglich heiß.

Mit einem Zischen sauste das Auto los. Es flog lautlos einen Schlängelkurs, die Straße bestand aus silbernen Knöpfen im Waldboden, die wir alle paar Meter überflogen. Das Auto sendete kaum hörbare Pieptöne aus, wie ein kaputter Fernseher. Die Tiere wichen diesem Geräusch aus.

Wir sausten durch etwas, das aussah wie ein Steinbruch, ich erhaschte einen Blick auf Maschinen und ganze Kolonnen von Morloks. Ein bisschen Industrie gab es also doch, aber nach einem Augenblick war schon wieder nur noch Wald.

Spuren von Behausungen gab es aber viele.

Schließlich hielten wir abrupt, ohne dass wir herausgeschleudert wurden. Die Fahrt hatte nur wenige Minuten gedauert.

Karmanns Ungehaltenheit wurde von seiner Selbstdisziplin und seiner jugendlichen Würde im Zaum gehalten. „Verzeiht den ungeordneten Ablauf. Die große Einladung sollte eine Überraschung sein. Die Einladung bei den Walla Walla war nicht vorgesehen. Nun muss ich Euch leider bitten, Euch sogleich fertigzumachen."

Ohne zu verstehen, folgte ich ihm durch halb unterirdische Gänge und künstlerisch stilvoll ausgeschmückte Gemächer.

In einer Kammer durfte ich mir Schmuck aussuchen, der auf die Haut geklebt wurde. Ich wurde frisiert und eine Dienerin polierte meine Haut blank.

Karmann sah inzwischen aus wie Adonis aus der griechischen Sage.

Er drängte mich zum Saal. Sicherlich das einzige südländische Volk im Universum, wo man pünktlich ist.

Der Himmel hatte sich inzwischen zugezogen und obwohl er weiß war, war es dunkler geworden, allerdings kaum kühler. Die Elektrizität in der Luft war förmlich sichtbar.

Der Weg mündete auf eine moosartige Gehwiese in einem angepflanzten Hain.

Wächter in metallisch schimmernder Livree trugen silbrige Kelche und Gefäße. Eine Gruppe Kinder rannte in die selbe Richtung.

Wir betraten ein großes Rund, gleich einem Amphitheater. Der Innenraum war wie ein Garten bepflanzt. Über uns wölbte sich eine Gitterstruktur. Wie ein kuppelförmiges Gewächshaus, aus dem man das Glas herausgenommen hatte. Noch nie hatte ich in dieser Welt so viele Menschen gesehen. Sie standen in Grüppchen um kleine Theken, streckten ihre Füße in Springbrunnen oder beugten sich über bildhafte Darstellungen.

Auf der Bühne in der Mitte standen Menschen und Diener mit Musikinstrumenten.

Überdimensionale Harfen, unbekannte Blechblasinstrumente aber auch Geigen, Mandolinen und Oboen konnte ich erkennen. Offenbar kannten sie keine Kassettenrekorder, ich hatte hier noch nie Radiomusik gehört.

Alle Menschen waren herausgeputzt, die Körper wie poliert und zurechtgeföhnt. Es gab kaum Übergewichtige, auch staunte ich wieso ich so wenig schlaffes und herabhängendes Fleisch sah. Die Alten waren auch hier wurzelhaft straff, wie Bündel aus ganz vielen Sehnen und Fasern.

Karmanns Volk überwog, aber ich sah auch Südseemenschen und noch dunklere, aber heller als die Morloks.

19

Das Fest

Ein Raunen ging durch die große Arena, ich spürte, es musste gleich losgehen. Gleichzeitig sah ich einen dunkelhäutigen Mann mit vier nachtblauen Wachen von Ferne auf mich zusteuern.

Stille kehrte ein und viele setzten sich auf bankartige Sitzmöbel.

Glockenspielartige Töne drangen herauf. Die Riesenharfen stimmten ein, wie Äolsharfen, wie Sphärenmusik.

Die ganze Stimmung erinnerte an ein gehobenes klassisches Gartenkonzert, aber diese Melodien hatte ich noch niemals gehört. Es schien sich dem Rauschen des Regenwaldes anzunähern, hatte kaum ahnbaren Rhythmus und eine Überfülle von Klang. Das musste auch an der Akustik des Theaters liegen.

Inzwischen hatte der dunkle Mann mich fast erreicht. Er war kahl, lange nicht so schlank wie die anderen und sah nicht eben afrikanisch aus, jedenfalls war mir diese Rasse nicht vertraut. Sein Blick war von erschreckender Entschlossenheit und zugleich kaltblütiger Ruhe. Einen Moment kribbelte es in mir, ich könnte verhaftet werden, aber es deutete nichts darauf hin.

Er begrüßte uns mit einem seltsamen Handzeichen an der Stirn, es sah aus wie ein Handkuss, aber von der Stirn weg. Die massige, dunkelhäutige Gestalt hätte bedrohlich wirken müssen, aber mir flößte sie Vertrauen und Wärme ein.

Er fragte, ob er mich aus dem Saal führen dürfe, um mit mir zu sprechen.

Leise, denn die Zuhörer lauschten jetzt gebannt und mucksmäuschenstill, gingen wir zum Rand, der in die Landschaft hineingebaut war.

Hier spielten ein paar Kinder mit Hundebären und gibbonähnlichen Affen.

Die nachtblauen Wachen prüften, ob niemand zuhörte.

Ob man bei den Walla Walla mit mir über die All-Sicherheit gesprochen hätte, wollte er wissen.

Als ich nein sagte, und er war ein Mann, den man nicht belügen konnte, entspannte er sich fühlbar. Er erkundigte sich verbindlich, wie es mir hier gefalle, aber dahinter spürte ich etwas Hellwaches. Er lenkte nur von sich ab.

Obwohl mir jetzt die weniger harmlose Seite dieser Zivilisation entgegentrat, fühlte ich mich spürbar wohler. In meine unsicheren Vorahnungen kam langsam Licht.

Wir gingen in die Arena zurück, viele Tische waren für ein Massenabendessen aufgebaut worden.

In schwindelnder Höhe über uns zogen Südseemenschen und Diener transparente Planen auf. Der weiße Himmel war noch etwas dumpfer, aber es war noch genauso schwül heiß.

Diesmal gab es richtiges Essen, Gemüse, wie Antipasti, aber warm, kleine Stücke Fladenbrot, Trinkschälchen mit Suppe und einiges Fremdes.

Zwei Dienerinnen berieten mich, ich hätte eine andere Darmflora als die Einheimischen und müsse mich vor schwer verdaulichen Nüssen und Gemüsesorten hüten.

Die Portionen waren klein - kein Wunder, die Speisen hier waren reichhaltiger als unsere.

Die Musik war nun leise, wie bretonische Flötenmusik.

Wir aßen schweigend und sehr ernsthaft.

Danach sammelte sich die Menge um die Mitte. Die Lichtblitze und -effekte kamen nicht von der Veranstaltung, sie kamen von oberhalb des durchsichtigen Gummidachs aus der Atmosphäre. Wetterleuchten in Rosa, Hellblau und Dunkelviolett durchzuckte lautlos den sich immer mehr verfinsternden Himmel.

In der Mitte der Arena traten nun Gestalten auf - ein Theater.

Die Menschen trugen mehr als am Tage üblich, metallische Nachbildungen von Hüten und Umhängen, dann kamen Diener. Eine Wache trat in Smoking und Fliege auf, wie ein Oberkellner. Wie kamen sie auf diese Accessoires meiner Welt? Galt das Ganze mir?

Es konnte nicht sein, denn mein dunkelhäutiger Freund und Karmann baten mich, mitzukommen.

Die Dialoge hinter mir konnte ich nur halb verstehen. Sie waren in gereimter Kunstsprache, streng und rhythmisch gefasst. 'Eine Welt ohne Fernsehen', schoss es mir durch den Kopf, 'die so etwas interessant findet.'

Wir gingen eine geraume Weile. Im Freien war es jetzt halb dunkel. Der staubfeine Nieselregen war erfrischend in der unvermindert heißen Luft.

Verschiedene Tiere gingen jetzt über die Wandelwege der Menschen, kleine schnelle Affen huschten vorbei, ein tonnenförmiges Nilpferd durchmaß einen Swimmingpool. Wie das Südseekind hatten meine Begleiter nicht die geringste Angst und die Wachen unternahmen nichts zu unserem Schutz.

Die allgegenwärtigen blutroten Blütenblätter rieselten herunter, wir wateten bis zu den Knöcheln darin.

„Blühen die Blumen nur einen Tag?" fragte ich Karmann, der schweigend hinter mir ging.

„Ja", antwortete er. „Jeden 10./11. des Monats. Die Blumen sind unser Kalender. Diese blühen 12 mal im Jahr nach der unsichtbaren Sonne. Andere blühen nach dem unsichtbaren Mond. In den Alten Liedern beginnt jede Zeitangabe mit: 'Als das weiße Wollgras wehte,' oder: 'an dem Tag, an dem die Feuerblumen das Land in Blutrot tauchten...'"

Nun endlich holte mich die Fremdheit dieser Welt endgültig ein. Bis dahin hatte ich mein unschuldiges Heimatgefühl mit mir getragen, der immer stärker strömende Regen wusch es nun herunter. Die Geräusche des Urwalds zogen sich enger und zum ersten Mal wünschte ich mir, zu Hause zu sein.

Mich fror, obwohl es selbst jetzt noch über 30° Grad heiß war.

Der Raum, in den wir traten, ähnelte einer afrikanischen Höhle, rundherum standen Wachen in Nachtblau. Blonde Dienerinnen schrieben auf Tafeln. Sie benutzten eine Art imprägnierte Holzfolie als Papier, aber es wird viel weniger geschrieben als bei uns, das hatte ich als ehemaliger Berichterstatter sofort erkannt. Keine einzige Zeitung hatte ich gesehen.

Ich setzte mich auf einen Stein, der im Sand stand. Das Prasseln des Regens wurde stärker.

Vor mir saßen jetzt noch ein König mit blondem Bart und traurigem Blick und auch eine schlanke Japanerin war dabei.

Ihr Schweigen war unheimlich.

Ich wagte nicht, zu sprechen.

Der blonde König, er musste sehr alt sein, hub an zu sprechen:

„Wir haben Euch gerufen. Die Erinnerung ist euch verborgen."

Er sprach sehr langsam und durchdringend. „Der Gang der Dinge ruft uns zu handeln. Kaum eingelebt unter der roten Sonne, heißt es schon zu ziehen."

Er sah mich durchdringend an:

„Ihr dürft fragen."

„Warum bin ich hier?"

Eine blonde Dienerin protokollierte alles.

„Das muss verschwiegen bleiben."

„Was hätten die Walla Walla über die All-Sicherheit sagen sollen?" Mein dunkler Freund packte mich mit einem schmerzhaften Daumengriff am Kinn. „Was wurde Dir gesagt?" Zwei Nachtblaue rissen ihn weg. „Zurück, Du Wilder!" donnerte der König mit bebender Stimme!

„Verzeiht!" sagte er zu mir. „Aber die Gefahr, die Bobassar fürchtet, ist schrecklich! Wurde bei den Walla Walla irgendetwas über einen Krieg gegen die Winterlande, gegen das Reich der Solarier gesprochen?"

„Nicht das Geringste."

Der König wandte sich zu meinem Freund: „Er spricht wahr, ich fühle es."

21

Er wusste es so sicher, wie dass es jetzt dunkel war, das merkte ich genau.

„Werdet Ihr uns zur Seite stehen?"

„Ja," antwortete ich vorschnell.

Eine unruhige Nacht

Karmann wurde herbeigerufen, um mich zum Quartier zu bringen.

Es goss in Strömen auf dem langen gewundenen Pfad, über Wohnhöhlen und Innenhöfe. Ich wusste noch so wenig über diese Welt und schon sollte ich wieder gehen?

„Arbeitest Du für den Geheimdienst?" fragte ich Karmann.

„Ihr meint, für die All-Sicherheit? Nein. Aber die All-Sicherheit ist unser Diener und wir helfen ihr."

„Kontrolliert die All-Sicherheit die Diener?"

„Nein. Die Diener sind nicht von unserer Hand. Sie dienen einem höheren Gesetz, in das wir nicht eingreifen können."

„Was habt ihr für eine Regierung?"

„Jeder Ort, jedes Dorf, jede Region mit einem bestimmten Charakter, einer bestimmten Mentalität hat seinen Rat, und wählt sich seine Ältesten."

„Habt ihr Gefängnisse?"

„Wie die Solarier? Nein! Es gibt die Orte der Verdammten, abgelegene Orte, wo die Gewalttätigen leben, die Triebhaften, die Liebhaber des Dunklen Gesetzes."

„Werden oft Abweichler verhaftet?"

„Die meisten gehen freiwillig. Hier werden die meisten Abweichungen von den Dienern verhindert."

„Können sie auch freiwillig zurück?"

„Nach einer Prüfung, ja."

„Habt ihr Waffen?"

„Nein."

„Bei so vielen wilden Tieren?"

„Die Tiere tun uns nichts."

„Die All-Sicherheit hat auch keine Waffen?"

„Paralysatoren. Und die Ausstattung der Gleiter."

„Wird jeder Eurer Schritte registriert?"

„Das wäre gegen das Gesetz der Freiheit. Die Diener könnten es. Sie tun es aber nicht."

„Habt ihr nie versucht, die Diener außerhalb Eures Gesetzes anzuwenden?"

„Wir sind da, mein Freund. Morgen hole ich Euch ab. Verzeiht, wenn ich Euch nicht alles zum Besten beantworten konnte. Friede Eurer Nacht," er verbeugte sich nach Landesart mit der rechten Hand auf dem Herzen.

„Dir auch eine friedliche Nacht." Meine Antwort war nicht passend, irritiert ging er davon.

Eine Dienerin rieb mich mit einem nach Blüten riechenden Tuch ein.

„Wollen Sie zur Nacht in die Grotte?" fragte sie.

„Ja," antwortete ich, entschlossen, mich zu stellen, ob Obszönität oder Horrorkabinett.

Sie führte mich über einen knietief überspülten Korridor - das Wasser war angenehm kühl nach dem höllisch heißen Tag - in eine dunkle Kammer.

Im Schein einer Lampe sah ich, es war so eine Kapelle, ausgekleidet mit glitzernden Edelsteinen. Bei uns wäre das ein Vermögen gewesen, aber hier gab es offenbar viele davon.

„Was macht man denn hier?" fragte ich.

„Die Menschen versenken sich hier."

Ich setzte mich auf den Stein, der erste Augenblick, der mir etwas kühler vorkam. Die Überfülle der Bilder dieses Tages zog an mir vorbei, ein Zustand, der von den Kristallen ausgelöst zu werden schien. Die glitzernden Steine schienen den Tag aufzusaugen und mich auf mich selbst zurückzuwerfen. Mein verborgener Auftrag, meine vage Angst vor dem, was mir morgen bevorstand. Schemenhaft zeichnete sich vor mir ab, was man mir verschwiegen hatte. Waren es Agenten dieser Solarier? Ging von der Zentrale der Diener eine Gefahr aus? Drohte der Welt, in der ich hier war, eine Zerreißprobe?

Immer mehr lenkte ich meinen Blick wie gefesselt auf meine Rolle bei dem

Ganzen. Der König - sicherlich war er etwas ganz anderes - setzte auf mich. Mein dunkelhäutiger Freund auch.

Ich sprang aus der Grotte: „Gibt es hier Telefon?" Es gelang mir kaum den erstaunlich schweren Körper der Dienerin zu rütteln. „Telefon, verdammt!!"

„Wî haben Telekommunikation, Sir."

Sie zog mich am Armreif durch den überfluteten Korridor. In einem kleinen Zimmer saß eine blonde Dienerin an einer großen Kristallkugel.

„Karmann brauche ich", rief ich.

„Konzentrieren Sie sich bitte auf den ersehnten Empfänger, Sir."

Sie fingerte herum.

Schließlich murmelte eine Stimme wie unter Wasser aus dem Stein: „Es wird nach ihm gesandt."

Einige Minuten wartete ich.

Schließlich verschwamm Karmanns Gesicht in der Kristallkugel. Die blonde Dienerin legte eine Hand auf meinen Armreif und stellte das Bild immer schärfer.

„Ihr stört den Frieden der Nacht?"

Karmanns Stimme war nun ganz deutlich zu vernehmen. Sein Bild war auch klar, aber ein bisschen wie unter Wasser oder wie mit einer Fischaugenlinse.

„Tut mir leid", sagte ich. „Aber ich muss es wissen. Was passiert, wenn ich fliehe?"

„Warum wollt Ihr fliehen?" Zum ersten Mal wurde mir klar, dass Karmann noch ein Kind war.

„Ich muss es einfach wissen. Würde ich verfolgt? Würde die Polizei überall nach mir suchen? Bist Du jemals von Zuhause ausgerissen?"

Karmann überlegte.

„Ich hatte einen Diener dabei und hatte den Hausdienern eindringlich befohlen, niemanden zu wecken. Wir haben das als Kinder gespielt: Wie muss man denken und fühlen, um die Diener zu steuern. Der geringste Betrug, eine unlautere Absicht, und es geht nicht."

„Danke, Du hast mir sehr geholfen."

„Bitte, Friede Eurer Nacht."

„Friede Deiner Nacht", wiederholte ich mechanisch.

Karmanns Oberkörper verschwamm und verschwand.

Ich legte mich auf mein Bett. In mir fieberte es.

Je klarer der Gedanke, desto klarer der Befehl. Je besser berücksichtigt ist, was ein Diener kann, desto besser führt er es aus. Je mehr es deren Gesetz entspricht, desto eher wird es ausgeführt.

Karmann hatte einen Diener dabei, als er abgehauen war.

Leise erhob ich mich vom Lager. Aber die Dienerin schlief nicht und folgte mir. Ich hoffte, im Telefonraum Karten zu finden. Aber es bot sich mir ein erschreckender Anblick. Die blonde Telefonistin stand mit starr erhobenen Armen und violett glühenden Augen, wie unter Strom.

„TTB256C Estuarra ist bei der Energieaufladung, Sir", sagte die Dienerin dicht hinter mir.

Ich sammelte mich wieder.

„Macht ihr alle so was?," fragte ich.

„Einmal im Tagesrhythmus."

Ich nahm all meine Überzeugung von der Richtigkeit meiner Maßnahme zusammen und befahl glasklar:

„Bring mich zu Aloja!"

Wie von einem Uhrwerk in Gang gesetzt schnurrte sie zum Schrank.

„Alo'ha, Sir?"

Sie schlug einen Block Holzpapier mit Karten auf.

„Zu Fuß, Sir?"

Sie erwartete keine Antwort, meine Reaktion genügte.

Ich fürchtete die Wachen. Gerade meine Gefühle konnten ihre Aktion auslösen.

Ein Wachmann trat aus dem Dunkel:

„Sie wollten etwas befehlen, Sir."

Pfeilgerade drang es aus mir heraus: „Verhalten sich alle hier ruhig. Folge mir niemand. Mache er keine Meldung."

Ein banger Augenblick.

„Zu Befehl, Sir."

Die Dienerin und ich tauchten in den Regenwald ein. Es war nicht so finster wie unsere Nacht, überall waren Schemen und Geräusche, es goss in Strömen ohne jemals nachzulassen.

Die Wache folgte uns nicht.

Ich war viel zu aufgeregt, um nachdenken zu können. Obwohl der Pfad gärtnerisch angelegt war, war er sehr schmal, führte über Wurzeln und Flusssteine und war immer wieder bis zu den Knien von ablaufendem Regenwasser überspült. Meine Füße waren das Barfußgehen nicht gewohnt und fühlten sich wund an. Ich durfte kein Selbstmitleid aufkeimen lassen, denn sofort drehte sich die Dienerin um, um mir zu helfen. Ihre Augen glühten dabei grünlich unheimlich.

Ein Tier hatte sich uns angeschlossen. Es sah im Dunkeln aus, wie eine sehr große Katze. Die Tiere hier hatten die Angewohnheit, einfach mit Menschen mitzugehen, aber ich hatte mich noch nicht daran gewöhnt.

Wir kamen wieder über ein Anwesen. Ein Morlok machte sich an riesigen Blättern zu schaffen.

Nach langer Zeit tauchte der bewohnte Baum auf. Die Dienerin ging vorbei. Er sah auch anders aus. Am Nächsten ging sie auch vorbei.

Ein Glück, dass die Dienerin dabei war. Ich hätte den Baum nie gefunden. Ich hätte auch die bunten Wegmarkierungssteine nicht lesen können.

Wir waren da.

Bestimmt würde ich nicht zu einem kleinen Mädchen vorgelassen werden.

Aber schon hatten die Türwachen uns eingelassen und führten uns den langen Wendelgang hinauf.

Oben stand das Südseekind, mit hellwachen schwarzen Augen, daneben eine blonde Dienerin.

Ich trat zu ihr hin. „Kannst Du mich hier verstecken? Ich soll einen Auftrag ausführen, über den ich selbst überhaupt nichts weiß. Nur von eurem Volk kann ich erhoffen, mehr zu erfahren."

Sie schwieg eine Weile.

Mit einer angedeuteten Handbewegung winkte sie mir, zu folgen. Sie wohnte im Ausgeschnitzten eines

riesigen Astlochs. Ich sollte mich in eine ausgepolsterte Seitenhöhle legen. „Für diese Nacht. Was morgen geschieht, befindet der Stamm. Nicht ich. Den Segen der Nacht!"

Ich war allein.

Meine Dienerin war verschwunden. Wahrscheinlich zu dieser 'Energieaufladung'.

Mein Erschöpfungsschlaf war gleichwohl unruhig. Ich träumte von großen Tieren, die mir durch den Wald folgten, einem weißen Riesenpferd mit Eisenbeschlägen, das mir in weitem Abstand unbeirrbar folgte. Einem schwarzen Eber, der sich durch das Unterholz schnüffelte und einem gefräßigen Affen, der mich schließlich packte, niederwarf und mit seinem heißen Atem anblies.

„Kein Mucks!" zischte es. Ich erwachte abrupt. Eine drahtartige Schlinge lag um meinen Hals. Das Gesicht eines Eingeborenen starrte mich an. „Nicht ruf' um Hilfe auch nicht in deine Herz!" zischte er. Ich erstarrte reglos. „Ich nicht viel Zeit. Die All-Sicherheit das ganze Baum umstellt! Die Seherin uns gesagt, dass die Mann kommt von Außenwelt zu Kampf gegen Solarier. Du diese Mann!"

„Wer bist Du?" raunte ich.

„Nennen uns die Wilden. Sperren meine Vater zu Ort der Verdammten, wegen zur Heiligen Jagd gegangen. Sperren meine Mutter wegen Heilige Dienst bei die Dunkle Götter. Dies *unser* Welt. Wir sind einzig können leben in die große Wald ohne die Diener! Wir brauchen nicht die Diener! Das ist Beweis die Götter machen diese Welt für *uns*. Die Weißen sind Diener von die Diener, Diener von Gesetz von die Diener!"

Er sprach fauchend und mit schlechtem Atem, wie einer, der nie lesen konnte. Er ließ die Schlinge um den Hals nicht locker. Er erinnerte mich an einen Menschenfresser aus Neuguinea in meiner Welt.

„Was willst Du?"

„Diener und ihre Knechte, die Menschen wollen nicht großen Krieg

24

gegen solarische Teufel. Du sollst bringen Krieg! Menschen wissen, was solarisch Teufel tun. Aber nichts unternehmen!"

Ich überlegte. Er konnte nicht von hier sein. Sein Gesicht sah anders aus, und sein ganzer Charakter hatte mit dem der Südseemenschen nichts gemeinsam.

„Bist Du den Baum hinaufgeklettert?" flüsterte ich.

Er grinste. „Wilde Mann weiß, wie Diener umgehen."

„Die All-Sicherheit hat den Baum umstellt?"

„All-Sicherheit wollen Dich! Aber Du sollst kämpfen mit uns. Wenn Solarier kommen mit Krieg, Diener müssen reagieren. Dann müssen Menschen Krieg machen mit Solariern."

Plötzlich rollte er die Augen nach innen, dass das Weiße sichtbar wurde und zuckte im Gesicht, als wenn er mit einem Geist spräche.

Er starrte mich wieder an und zischte: „Sie kommen! Du schweigen! Du sein bereit! Die Götter wollen Krieg! Du auserwählt!"

Vorsichtig löste er die Schlinge. Wie ein Tier huschte er davon. Hundert Meter Abstieg in die Tiefe. Und ich sah kein Seil, keine Steigeisen. Nur Regen.

Erschöpft sank ich zurück.

Unruhe in den ausgeschabten Holzgängen erhob sich. Stimmen. Alo'ha erwachte.

Eine nachtblaue Dienerin huschte herein und lauschte.

Nachtblaue Wachen strömten herein.

Draußen protestierten Stimmen. Es musste für ihre Begriffe ein politischer Skandal sein.

Eine skandinavisch aussehende Frau kam herein. Sie fühlte meinen Hals. „Das wäre beinahe ein Unglück geworden," sagte sie mit harter Aussprache. „Dieses Risiko hätten wir nicht eingehen dürfen."

Sie führten mich heraus. Überall standen nachtblaue Wachen.

Ich wurde sofort verhört. Meine Dienerin hatte Befehl gehabt, mich zu begleiten. Bobassar hatte meine Schritte vorausgeahnt. Man hatte sogar Wachen von den Grundstücken abgezogen.

Der Wilde entkam. Der Regen, der Wald hatten ihn verschlungen. Sie benutzten den Kontakt mit Geistern, um den Wachen auszuweichen, hieß es.

Die blonde Agentin der All-Sicherheit begann auszupacken. Ich hätte mich für die richtige Seite entschieden. Diese Kultur beruhe darauf, keinen Krieg zu führen. Das sei auch der Schutz vor den Solariern. Würde man sich vom Gesetz abwenden, würden die Diener nicht mehr gehorchen. Die Solarier wären überlegen und würden vielleicht alles vernichten. Die Zeit sei schon knapp. Sie bäte mich mitzukommen. „Bitte!"

Die Südseemenschen überwachten schweigend, dass auch der letzte Eindringling ging.

Mich führten sie zu einer Terrasse aus Holz. Darauf stand das Urbild einer Fliegenden Untertasse.

Die Maßnahmen gegen die allgegenwärtige Elektrizität waren kompliziert, als die Luken geschlossen wurden. Die Inneneinrichtung war wohnzimmerartig.

Ich fügte mich in mein Schicksal. Die blonde Frau hatte mir zum ersten Mal vermittelt, was man von mir wollte. Es galt, Krieg zu verhindern.

Die Grenze

Die Zeit war schon knapp, es lag eine leichte Unruhe in der Luft, ungewohnt in dieser Welt, der Hektik so fremd ist.

Der Start des Gleiters war kaum wahrnehmbar.

Unendlicher grüner Wald, glitzernde Wasserflächen und vereinzelte Bauwerke wanderten unter uns dahin.

Es war anders als das Fliegen, das ich kannte. Die Füße fühlten sich wie auf festem Boden stehend. Der Blick aus dem Fenster konnte abrupt schwanken, im Magen spürte ich nichts davon. Ein absurdes Gefühl.

Gegenschwerkraft nannten sie diesen Antrieb.

Wir erreichten ein vulkanisches Gebiet mit Felsschroffen.

Wie ein Stein fielen wir in eine Spalte ab. Ich schloss die Augen.

Als ich sie wieder öffnete, waren wir bereits gelandet, fast lautlos und nicht spürbar.

Etwas steif stieg ich aus.

Selbst hier wurde in die Natur so wenig wie möglich eingegriffen. Der Hangar war in den natürlichen Fels gebaut, die Gebäude aus Hartholz.

Die Baracke war im Stil eines Pfahlhauses der Südseemenschen eingerichtet. Bobassar empfing mich herzlich, mein Ausflug schien vergessen.

Die Vegetation war heute voller kleiner gelber Blumen.

Zwei Nonnen breiteten eine bemalte Gummifolie mit einer Art Einsatzplan aus. Andere stellten eine Ausrüstung zusammen. Eine Nonne nahm an mir Maß.

Wir stiegen in eine elektrische Bergwerkslore und sausten mit hoher Geschwindigkeit unter die Erde.

Die weiteren Stunden zu beschreiben wäre eine Geschichte für sich, Lavaseen, Schwefelnebel, und Riesenspalten, die von diffusem grünlichen Licht erfüllt waren.

Es war merklich kühler geworden, obwohl heiße Luft aus dem Gebläse kam.

Meine Mitfahrer hatten viel von ihrer warmen Art verloren, ein tiefer Ernst hatte sich ihrer bemächtigt, in manchen Gesichtern stand die Angst.

Als wir ausstiegen war es kalt, selbst für mich.

Wir bekamen Decken aus Metallfolie, ich zog mir meine hastig um, die anderen mit Überwindung.

Wir waren in einer Steinhöhle mit weißen Wänden, aus der Öffnung schimmerte ein rätselhaftes grünliches Licht.

Wir betraten ein Häuschen aus Stein, darin gab es vielerlei Utensilien aus meiner Welt: Hüte, Regenschirme, Gummistiefel, lederne Handtaschen, den Wirtschaftsteil einer Tageszeitung, eine Zigarre, einen altmodischen Telefonapparat.

Die Agenten der All-Sicherheit begannen unbeholfen, sich normale Kleidung anzulegen. Während sie ihre Metallfetzchen ablegten, drehten sie sich zur Wand. Trotz der allgegenwärtigen Nacktheit hatte ich niemanden je ganz entblößt gesehen, ausgenommen Kinder.

Während die anderen sich mühsam in den Stoff quälten, sprang ich in die Hemden und Hosen, die mir gereicht wurden. Noch nie allerdings, war mir das Kratzende und Beklemmende der Stoffe so deutlich geworden. Ich fühlte mich in meinen Bewegungen in ganz andere Bahnen gelenkt.

Die Schuhe gaben mir wieder dieses unverwundbare Gefühl, dass mir kein Stein, kein spitzes Blatt etwas anhaben konnte. Statt vorsichtig einen Fuß vor den anderen zu setzen, konnte ich nun wieder weit ausschreiten.

Ich bekam Papiere, die täuschend echt auf das 'Reich des Sonnenvolkes' ausgestellt waren, das Reich der Solarier, wie sich herausstellte.

Im grünen Land unter der roten Sonne war alles, aber auch jeder Handgriff fremd gewesen. Die solarischen Sachen waren mir durch und durch vertraut, eine tickende Taschenuhr, ein Autoschlüssel im Lederetui, alles hätte aus dem Fundus meiner Großeltern stammen können.

Die Asiatin trug das Kleid eines Serviermädchens, man spürte, sie ertrug die quälenden schwarzen Strümpfe mit stoischer Geduld.

Bobassar trug einen Monteursanzug aus Drillich. Er sah aus wie ein Sträfling und hatte eine große Nummer auf der Brust. Der 'König' trug einen Frack, sein Begleiter und die skandinavische Agentin schwarze Militäruniformen.

Das Bild war perfekt gestylt.

Der letzte Teil der Reise war angebrochen.

Die Fahrt hinauf im Förderkorb eines verlassenen Bergwerksschachts dauerte lange. Die Luft wurde immer vertrauter. Kalt, aber weniger sauerstoffreich, man musste wieder intensiver Atmen. Die Agenten hatten es geübt, sie mussten sich elend fühlen in dieser Luft, die sie zu ersticken drohte.

Oben angelangt blies uns ein eisiger Lufthauch ins Gesicht. Ich dachte an mein Erwachen in der tropischen Hölle zurück und wandte mich ab, um das Leid in den Gesichtern meiner Begleiter nicht sehen zu müssen.

Zwei blonde Dienerinnen, in schwarzen Militäruniformen verkleidet, halfen uns aussteigen. Bobassar blieb mit ihnen zurück.

Vor dem Stollen erhob sich eine vertraute Welt, aber ich spürte, es war nicht meine Welt.

Kahle, zerklüftete, niedrige Berge, - versteppt und dünn mit verkrüppelten Bäumen bestanden.

Und die Sonne, ähnlich wie unsere Sonne, nur ein bisschen anders.

Ich streckte ihr mein Gesicht entgegen und genoss das Brennen der Sonnenstrahlen im Gesicht. Das hatte ich bei all der Hitze nie verspürt.

Der Himmel war eisig blau.

Das Kahle erschien mir übersichtlich, nichts mehr von dieser Überfülle an Vegetation, aber viel mehr

Tiere, sie sahen aus wie unsere Krähen, Ziegen, Erdhörnchen.

Im Vergleich zum Regenwald, der ständig zu flüstern und zu raunen schien, war hier Totenstille, eine beobachtende, lauernde Stille.

Wir erreichten ein unförmig großes Auto, einen schwarzen Oldtimer von der Größe eines Lieferwagens.

Ich sollte fahren.

Erst sträubte ich mich, zwar war hier alles wie zu Hause, aber nichts gleich. Es gab ein richtiges Zündschloss, eine Handbremse und einen ledergepolsterten Schaltknüppel. Überhaupt war die ganze Inneneinrichtung aus Leder.

Ich musste mir klar machen, dass für meine Begleiter hier alles fremd war, das Leder, das kalte Metall, die Gerüche. Ich erkannte, dass ihre Technik völlig anders war, während diese hier, wie ein verzerrtes Spiegelbild der meinen fast glich.

Vom Vertrauen meiner Begleiter in meine unerklärbare Fähigkeit, diese Technik zu beherrschen, getragen, drehte ich den Zündschlüssel. Ein Verdichter zischte, dröhnend sprang der Motor an. Die Kupplung war gänglg, aber das Lenkrad hatte keine Verstärkung und war nur mit großer Kraft zu drehen. Trotzdem, ich fühlte mich wie zu Hause.

Das Verkehrsschild an der Hauptstraße ähnelte unserem "Vorfahrt achten". Im Grünen Land hatte ich viel über das Rätselhafte nachgedacht, aber diese Parallelwelt, dieses kosmische Rätsel, versuchte ich gar nicht erst zu analysieren. Ich nahm es einfach als gegeben hin.

Wir kamen in die ersten Ansiedlungen. Schmutz, Armut, Siechtum. Die Menschen sahen etwa unseren Pakistani ähnlich. Sie sprangen vor unserem Fahrzeug in Sicherheit. In ihren Augen stand die Schwärze der Angst. Sie mussten uns für Teufel halten.

Die Leute trugen nur Hemden und Hosen, es war warm, aber mir kam es furchtbar kalt vor.

27

An der Straße stapelte sich Abfall.

Mir wurde klar, dass ich im Grünen Land niemals Abfall gesehen hatte.

Bergflanken waren von menschlicher Bautätigkeit aufgerissen, Bäume lagen verstreut. Im Grünen Lande ließ man die Bäume alt werden und verarbeitete sie im Moment ihres Todes. Tote Riesenbäume wurden manchmal gehärtet und in Wohnbäume umgebaut.

Wildziegen flohen, als wollten wir aus dem Fenster schießen.

Die Burg

Wir erreichten einen Pfahl voller Wegweiser, darunter „Burg Ödfried", unser Zielort.

Entlang der Hauptstraße lagen zwei Büffel, sie waren angefahren worden und man hatte sie dort verenden lassen.

Ich sah Tränen in den Augen des alten Königs neben mir. In diesem Augenblick begriff ich, dass die Tiere tatsächlich die Freunde der Menschen im Grünen Lande waren.

Ich musste meine Rolle spielen und hupte mich durch die Karren hindurch, die sich mühsam die Passstraße hinaufquälten. Mit Rücksicht hätte ich sofort Verdacht erweckt.

Befestigungen voraus! Es war nicht unsere Burg. Nach dürftigen Informationen, die hinter mir auf dem Rücksitz ausgetauscht wurden, war das Reich der Solarier von militärischen Kontrollposten überzogen. Es war der kritischste Moment der Mission. Der alte König neben mir war tief in sich versunken. Er schien seine ganze geheimnisvolle Konzentration auf den Kontrollposten zu richten.

An der Sperre riefen die Soldaten in grau einen blutjungen Offizier in schwarz. Es lag hier etwas in der Luft, das im Grünen Lande undenkbar gewesen wäre, die Bereitschaft zu töten. Aber wir hatten Glück. Der Offizier betrachtete unsere Papiere und nahm Haltung an. Die Schusswaffen senkten sich. Er war auf seine verschlagene Art

fast freundlich und wünschte uns eine gute Weiterreise. Er sprach meine Sprache, wenngleich in einem Dialekt, den ich nirgendwo einordnen konnte. Die Art hatte aber etwas zügelloses, das nur mühsam im Zaum gehalten war, es war wie ein Hochmut, ein Übermut, der nichts anerkennt und nichts gelten lässt. Ich hatte das Gefühl, er würde uns melden.

Prostituierte traten an das Wagenfenster und musterten die Ausbeute. Sie sahen wie hellhäutige Orientalinnen aus. Es war eine nicht vorhergesehene Gefahr. Die Leute vom Grünen Lande sind sehr sittenstreng und haben hohe Ideale von Treue und Reinheit. So gelang es ihnen nicht, das dreckige, abschätzige Grinsen aufzubringen, mit dem man die Ware prüft und sich ihren Gebrauch vorstellt. Ich tat von mir aus mein Bestes, aber dann sah ich ihre verwunderten Blicke und gab Gas. Seltsam, der warmfeuchte Andrang erotischer Gefühle war mir im Grünen Lande nie begegnet, irgendwie verstanden sie es, diese Kräfte im intimsten Kreise eingeschlossen zu halten.

Im dämmerigen Abendlicht sah ich alles wieder, was es *dort* nicht gab, das Gefeilsche um Geld, eine Schlägerei, Kinder, die mit einer Katze Schabernack trieben, Betrunkene, zwei Soldaten die eine Frau belästigten, reißerische Kinoplakate, vergitterte Militärgebäude, eine Verhaftung. Radiomusik lag in der Luft und dann der Geruch. Die Straßen rochen nach Fisch, Urin, altem Holz, Dieselöl. Bei den Grünen gab es nichts dergleichen, nur den Geruch von immer anderen Pflanzen, Blüten, Ölen, Harzen und den Geruch von Regen und elektrisch aufgeladener Luft.

Das war übrigens eine Erholung, die elektrischen Phänomene waren völlig verschwunden.

Wir hielten nirgendwo an. Svenja, die skandinavisch aussehende Agentin lotste mich in eine kleine Straße, die über eine Schweinemast führte und sich im Kegel der Scheinwerfer weiter bergauf wand. Die Straße war holprig, ich musste ein paar Warnschilder beachten. Ein magerer Junge trieb hastig die Ziegen von der Straße. Ich zwang mich, den Eindruck zu erwecken, als ob ich notfalls eine von ihnen überfahren würde, ich entsprach genau dem Bild, das die Leute hier von einem Auto der Herren des Landes hatten. Ab und zu gingen Seitenwege ab. Es galt, die Nerven zu behalten.

Schließlich sah ich einen frisch angebrachten Wegweiser „Burg Ödfried". Die Japanerin hörte ein Maschinengeräusch. Ich schaltete schnell das Licht aus. Ein schwach beleuchtetes Propellerflugzeug kreiste zweimal über uns. Wir warteten noch eine geraume Zeit nachdem es verschwunden war und setzten dann unsere Fahrt fort.

Wir kamen durch schütteren Tannenwald.

„Wir werden beobachtet", flüsterte der König. „Weiterfahren, ohne anzuhalten!"

Wir überquerten eine Holzbrücke und standen vor einem dunklen Burggemäuer. Die Japanerin sagte mir einen Code an, den ich mit dem Scheinwerfer blinken sollte.

Dunkle Gestalten mit Helmen näherten sich. Sie trugen die schwarzen Uniformen der Offiziere, obwohl es Wachsoldaten waren. Die Gewehrläufe blinkten im Mondlicht.

Wie froh war ich, den Mond wieder zu haben.

Die Hunde bekamen Maulkörbe umgelegt. Der Wachhabende wies mir die steile Auffahrt zur Burg. Wieder half mir das Vertrauen der Begleiter.

Wir holperten auf den finsteren Burghof, eine Mischung aus Beton und Gotik. Wir fühlten die Augen der Bewaffneten aus dunklen Fenstern auf uns gerichtet. Für einen Augenblick stand die Zeit still. Die Atmosphäre war erfüllt von Strenge, von Furcht, von unberechenbarer Gewalt, aber auch von etwas ganz anderem. Es war etwas Abenteuerliches, den Wunsch Neues zu erfahren, den Wunsch alles zu wagen und zu geben, es war etwas,

das das glücklich schlafende Grüne Land mich nicht hatte spüren lassen.

Im Licht der erwachenden Flutscheinwerfer wartete das Empfangskommittée. Ein indischer Oberdiener, zwei chinesische Dienstmädchen, und dann drei Männer, zweifellos Solarier.

Der Erste kam gleich auf uns zu, er war jünger, sehr groß, gut gekleidet und hatte eine dunkle Haartolle.

Der Zweite war klein und runzelig, sein Gesicht, wurde von einer großen Hornbrille überdeckt und von einem abstehenden weißen Haarkranz umrahmt.

Der Dritte sah aus wie ein weißer Bobassar, stark, energisch, ein vielschichtiger Charakter, der sich hinter einem Pokerface verbarg. Er hatte eine spürbare Präsenz, ähnlich wie Bobassar auf der anderen Seite.

Sie luden uns zur Stärkung ins Haus. Es war ein historischer Augenblick, unseres Wissens waren sich die beiden Kulturen nie aus der Nähe begegnet. Ich bemerkte, dass unsere Gastgeber nicht im Traum auf die Idee kamen, wir könnten an die Kleider nicht gewöhnt sein oder wir könnten trotz Kaminfeuer frieren.

Auch meine Begleiter, die Monster erwartet hatten, sahen sich Menschen gegenüber, die ihre Blutsverwandten hätten sein können, die die selbe Grammatik benutzten.

Man geleitete uns in einen pompösen Salon, alles Personal musste gehen, auch unsere Japanerin, sie war nun auf sich gestellt. Ihr schwarzer Blick drückte Schmerz aus. Mir war, als hätte sie sich am liebsten an uns geklammert, aber sie war tapfer.

Der junge Mann stellte sich als Dr. Kurowsky vor. Er sei Sekretär der Partei des Sonnenvolkes, aber völlig inoffiziell zu dieser seit Jahren vorbereiteten Konferenz gekommen.

Der Weißhaarige sagte, er sei Professor Heißschmied von der Universität Großheeren und Lehrstuhlinhaber für Völkerkunde. Er habe sich sein Leben lang mit Legenden der

Méauwwi beschäftigt und habe auch die Auswertungen der Schwebflugkörper am Nordpol geleitet, die fremde Anti-Grav-Flieger photographiert hätten.

Der König erblasste. Méauwwi war das Wort der Südseemenschen für das Grüne Land, der eigentliche Name, den jedes Kind benutzte, woher wusste er davon? Und wenn grüne Gegenschwerkraftgleiter gesichtet worden waren, dann war er zumindest nicht informiert worden. Außerdem hätten sie nie gedacht, dass die Solarier über derartige Techniken verfügten.

Der Dritte hatte bereits begonnen. Er sei Korvettenkapitän Tomek. Er werde sich bei diesem privaten Treffen mehr um das Protokollarische kümmern.

Wir ließen ihn reden, wir wussten, dass das Treffen von einer Geheimgesellschaft innerhalb der Sonnenvolk-Partei arrangiert worden war, die mit der Regierungspolitik zumindest nicht völlig übereinstimmte. Es war unser Schutz, dass so offizielle solarische Stellen nicht das Geringste erfahren durften.

Ich spürte, er legte es darauf an, durch sein Reden unsere Wachsamkeit einzuschläfern, auf dass wir uns in Nebenbemerkungen verraten sollten.

Ganz offensichtlich war er ein sehr geschickter Geheimdienstler, aber seine Rechnung enthielt einen Fehler.

Der Salon, den er mit seinen Ledermöbeln, Antilopenköpfen, seinem flackernden Kaminfeuer für gemütlich hielt, musste meinen Begleitern wie ein unglaublich kaltes Verlies erscheinen, mit allerlei Grausamkeiten an den Wänden.

Er merkte sehr schnell, dass er mit seinen Bemühungen keine Gegenliebe fand und ließ Wein und kalten Braten auftragen.

Wie selbstverständlich gingen die Chinesinnen davon aus, dass Svenja, die einzige - obzwar weiße - Frau, das Servieren übernehmen würde.

Nach einem peinlichen Moment erfasste sie schnell die Situation und bediente, unter Zuhilfenahme ihrer Kenntnisse über das wenige, was die Méauwwi über die Solarier wussten, die drei Gastgeber. Für diese war es so selbstverständlich, dass die Frau serviert, dass sie sich einzig wunderten, warum die Gäste nichts nahmen.

Bei den Méauwwi trank man Alkohol in geradezu homöopathischen Mengen, nur die blonde Minderheit vom Volk Karmanns und des Königs vertrug ihn eigentlich gut. Fleisch, Wurst oder Fisch hatte ich kein einziges Stück gesehen.

Ich entwischte, um auszutreten. Man verzeihe mir das unschickliche Thema, aber so fremdartig die Toiletten im Grünen Land für mich waren, so durch und durch vertraut war mir hier das Porzellan, die Zugstrippe, die rauen Leinenhandtücher mit roten Streifen.

Vor der Tür hörte ich Stimmen. Ein Serviermädchen hatte trotz Verbots nach draußen telefoniert. Von Erschießen war die Rede. Unsere Japanerin - ich hatte übrigens erfahren, sie war natürlich keine Japanerin, sondern gehörte der asiatisch aussehenden Minderheit bei den Méauwwi an - mischte sich beschwichtigend ein.

Das Heimatgefühl, das ich für Augenblicke verspürt hatte, erkaltete in mir. Ich erfasste, dass ich mich in einem feindseligen Land befand und in ständiger Gefahr.

30

Noch eine unruhige Nacht

Im Salon hatte das Gespräch bereits begonnen.

Der junge Parteifunktionär Dr. Kurowsky ging gerade auf und ab und dozierte über die rassische Ähnlichkeit der blonden Méauwwi und der Solarier, die eine Verbrüderung doch geradezu herausfordern würde.

Ich musste dabei immer auf seine eher dunklen Haare starren, der Widersinn dämmerte ihm in keiner Weise. Tomek beobachtete und versuchte es von der anderen Seite.

„Wir und Sie, wir haben viel auf uns genommen, dieses Treffen zu arrangieren. Für Sie ist es gefährlich, wir riskieren das Ende unserer Arbeit."

Damit deutete er die Geheimgesellschaft an, die nach Informationen unserer Asiatin bis in höchste Kreise der Solarier hineinreichte.

„Wir sollten die kostbare Zeit nützen, es könnte sich für unsere Völker als Überlebensfrage herausstellen."

Er sagte das ohne Pathos, und er entschleierte nicht den Sinn seiner Rede.

Wir hatten Hunger und Durst, und die undurchschaubaren Wendungen der Ausführungen von Tomek zogen sich in die Länge. Von uns sprach nur der König. Seine Augen leuchteten wie Edelsteine, sein Geist war angespannt. Er stellte ausschließlich Fragen, wie:

„Welches Ethos leitet die Menschen, die dieses Treffen ermöglicht haben?"

Oder: „Worin weicht ihr vom Willen der Regierung ab?"

„An welches Gesetz glaubt ihr, welchem Herrn dient ihr?"

Tomek wich jeder einzelnen Frage aus.

Dr. Kurowsky hatte Svenja inzwischen abseits geführt und redete leise, aber unaufhörlich auf sie ein. Ab und zu blickte sie sich Halt suchend nach uns um, aber der König schien entschieden, nicht einzugreifen.

Professor Heißschmied kam mit einer vergammelten Ledertasche zurück.

Hoffnungsvoll breitete er vor uns seine Schätze aus: Da war völlig korrodierter méauwanischer Schmuck, eine vergilbte Zeichnung von einem Riesenmammut, ein kaputtes elektronisches Armband und ein kaum leserliches Stück Holzfolie.

Er sei sehr erstaunt, dass wir unsere Diener nicht dabei hätten. Als wir uns dumm stellten, meinte der Professor, er hätte doch gehört, dass bei uns ohne die rätselhaften Diener gar nichts ginge.

Obwohl Prof. Heißschmied der Typ des vernarrten, verantwortungslosen Wissenschaftlers war, der niemals begreift, was er anrichtet, hatte ich ihn mit seinem warmen Temperament ins Herz geschlossen und bedauerte, dass seine Freunde ihm ständig misstrauisch das Wort abschnitten.

Er erinnerte mich an ein großes Kind. Wenn er von den Sagen über die Méauwwi sprach, erkannte ich, dass er am ehesten ahnte, wie es dort wirklich ist. Tomek versuchte das Gespräch so zu lenken, dass die Diener doch sicherlich eine niedere gesellschaftliche Klasse wären. Wir beließen ihn in dem Glauben, spürten wir doch, dass ihm die Phantasie fehlte, sich eine Welt so ganz anders der seinen vorstellen zu können.

Tomek war der Rätselhafteste von den dreien. Seine Miene blieb undurchdringlich. Immer wieder spann er den Gesprächsfaden neu an, um etwas über unsere Absichten, unsere geheimen Stärken zu erfahren. Es blieb mir völlig unklar, was er wollte.

Der alte König brachte schließlich den Mut auf, darum zu bitten, uns in die Nachtruhe zu entlassen.

Im Flur schraken wir zurück. Vor uns standen drei Prostituierte, für jeden von uns Männern eine, halbnackt und frierend.

Die Solarier missdeuteten die Reaktion meiner Begleiter. Sie waren nicht von der blanken Haut irritiert, davon hatten sie in ihrer Welt genug, sondern sie waren gewohnt, die Gefühle, Befindlichkeiten, Absichten und

31

Charakterzüge aus dem Körper herauszulesen, so wie sie es bei mir dort getan hatten.

Für die Prostituierten war es ein schreckliches Erlebnis, vor den Augen ihrer erbarmungslosen Zuhälter auf unfassbare Weise durchleuchtet und dann zurückgewiesen zu werden .

Der alte König brachte schnell vor, wie lang unsere Reise gewesen sei und entschärfte die Situation. Gleichzeitig verriet er sich scheinbar, dass der Übergang nach Méauwwi Tagereisen weit entfernt sei.

Wir stiegen eine enge Treppe aus dunklem Holz empor. Es roch nach Bohnerwachs und nach Moder, wie er in Gebäuden mit sehr dicken Mauern leicht entsteht.

Unsere Zimmer lagen in einem schmalen Flur alle nebeneinander.

Es gab elektrisches Licht aus bräunlichen Birnen.

Die Zimmer waren eingerichtet wie in einer teuren Pension, aber enger. Trotz der Klaustrophobie meiner Begleiter schlossen wir die Fenster, denn die frische Luft kam selbst mir eiskalt vor.

Es ergab sich, dass wir alle im vorletzten Zimmer blieben, in meinem.

Der Begleiter des Königs fand schnell heraus, dass wir nicht abgehört wurden.

Das letzte Zimmer war Svenja zugeteilt worden, sie stellte ihre Sachen dort ab, sie berichtete uns, sie habe sich mit Dr. Kurowsky in ihrem Zimmer verabredet, um Viertel vor Mitternacht.

Die anderen schienen nicht begeistert, sagten aber nichts.

In erstaunlicher Einmütigkeit werteten sie ihre Durchleuchtung der Prostituierten aus. Uns durfte nichts getan werden, das war eindeutig, sie selbst fürchteten vor allem Tomek, aber nicht seine Gewalt, sondern irgendetwas Okkultes, sie sahen in ihm eine Art Magier. Gewalt fürchteten sie von außen, vielleicht von der solarischen Militärgewalt, als könne diese die ganze Burg auffliegen lassen und alle töten.

Obwohl ich übermüdet war, gab mir die Hilfsbedürftigkeit meiner Begleiter die Kraft, mich um alles zu kümmern. Ich schürte das Kaminfeuer gewaltig auf, improvisierte heiße Fußbäder, erklärte das Nassrasieren mit Klinge, zeigte, wie man sich in einem Daunenbett wärmte und versuchte ihnen Mut zu machen, dass man in unserem Klima überleben kann. Eine Chinesin, die unserer Asiatin gewogen war, besuchte uns unter einem Vorwand und behandelte von der Kleidung wundgescheuerte Stellen mit einer Salbe.

Sie war anders als die andern hier in 'Solaria', - so nannten die Méauwwi diese Welt. Sie hatte nicht diesen triebhaft verängstigten Blick der Leute hier, sie ähnelte ein bisschen meinen Begleitern, tief gelassen, aber zum Äußersten entschlossen. Sie begab sich für uns in erhebliche Gefahr. Unserer Asiatin gehe es gut. Kapitän Tomek habe ihr Diamanten angeboten und wolle sie um 4 Uhr nachts besuchen. Wir sollten für sie beten. Ob man etwa das Mädchen erschossen hätte, das vorhin telefoniert hatte, wollte ich wissen. So etwas täten sie nicht, wir seien hier nicht bei der Volkssicherheit, meinte sie, aber man habe sie schlimm verprügelt und in einen Keller ohne Licht gesperrt.

Die Méauwwi wuchsen mir durch all das mehr ans Herz. Dieser Aufenthalt war für sie die Hölle. Aber ich begann Achtung vor ihrer inneren Stärke zu bekommen. Keiner klagte. Keiner sprach düstere Prophezeiungen aus. Sie hielten zueinander wie kleine Kinder. Ich hatte sie lange für verweichlicht gehalten, für feige. Aber das waren sie eigentlich nicht.

Nebenbei erfuhr ich, dass der König, der in Wirklichkeit ein sehr hohes Mitglied der Regierung in dieser hierarchiefeindlichen Gesellschaft sein musste, 109 (!) Jahre alt war.

Ich erfuhr auch, dass die Unterschiede bei den Lebensaltern bei den Méauwwi viel einschneidender waren als bei uns. Das zusammengepferchte

Aufeinandersitzen auf engem Raum erinnerte nämlich meine Begleiter an ihre Jugendzeit vor ihren Lebenspartnerschaften und bevor sie Kinder hatten. In dieser kurzen Zeit führten die Méauwwi ein wildes Leben, durchwanderten die Kontinente ihrer Welt, und waren als Jugendliche nicht ganz so sittenstreng wie Méauwwi sonst sind. Karmann stand kurz vor diesem Punkt. Die Geschlechtsreife setzte später ein und endete im Laufe des Älterwerdens.

Mit sechzig, wenn ihre Kinder erwachsen waren, begann für sie in vieler Hinsicht erst das Leben, die dritte Phase, die Zeit des Wirkens. Das hohe Alter, mit 90, 100, gar 120 war die letzte Phase, die Phase der Vergeistigung.

Meine Begleiter vermochten in ihrer schrecklichen Lage durch Erinnerungen an ihren Frühling noch Humor aufzubringen.

Es war Zeit, Dr. Kurowsky musste bald kommen.

Svenja begab sich in ihr überheiztes, für ihre Begriffe eiskaltes Schlafzimmer. Wir lauschten an der dünnen Zwischentür.

Man hätte die Uhr nach Dr. Kurowsky stellen können.

Er setzte sich ohne Umschweife zu ihr aufs Bett und machte ihr Komplimente. Wir hielten den Atem an. Es war als sähe ich durch die geschlossene Tür und hörte nicht mehr Worte, sondern sah nur, was sich abspielte.

Svenja balancierte auf der Klinge. Keine Frau in Méauwwi hätte so eine Situation geduldet. Sie griff auf ihre Jugendzeit zurück und blendete ein Geplänkel vor, das ihre Gänsehaut vor seinen Zudringlichkeiten völlig überspielte. Wir bebten vor Spannung.

„Verheiratet?" fragte Dr. Kurowsky.

„Ja, und Sie?"

„Auch. Aber sie ist weit weg."

Ich begann Svenja zu bewundern. Die Situation musste für sie auf ungekannte Art erniedrigend sein. Aber sie ging mit Gespür auf ihn ein, einen

Mann, der gewohnt war, von Frauen gefürchtet und bedient zu werden.

„Du kannst Kurt zu mir sagen."

„Ich heiße Svenhilde."

Vorsichtig schob sie nach: „Hast du auch Kinder?" Durch diese Frage kühlte sich etwas ab in Dr. Kurowsky. Mit leichtem Schlucken antwortete er:

„Drei."

Es entstand eine peinliche Pause.

Dr. Kurowsky ging sehr nervös und unruhig auf und ab.

Dann kam es aus ihm hervor: „Es wird wohl nichts aus uns beiden - heute."

Mit einer unsichtbaren Handbewegung riss Svenja die Zügel an sich. „Dann unterhalten wir uns über Politik? Wolltest du nicht über *'uns'* Solarier sprechen"

Dr. Kurowsky kannte keine Frauen, die einem Mann wirkliche Selbstständigkeit entgegensetzten und sich durch nichts von seiner moralischen und physischen Überlegenheit beirren ließen. So änderte er seine Vorgehensweise, ohne sich dessen voll bewusst zu sein. Er begann zunächst halb abwesend über die Überlegenheit der höchstentwickelten, der solarischen Rasse zu dozieren, und mehr und mehr ließ er einfließen, dass die Kultur der Méauwwi zum Untergang verurteilt sei. Was er über die Méauwwi wusste, war in ihm zu einer Welt von Kolonial-Herrenmenschen am Swimmingpool verzerrt, zu Vorurteilen, die aber aus der Verzerrung von Tatsachenberichten entstanden waren.

Svenja ging einen Schritt weiter auf dem Drahtseil, und ich glaube sie bat dabei ihren Mann innerlich um Verzeihung, sie schmiegte sich schutzsuchend an ihn und brachte ihre Sorge um ihre eigene Zukunft angesichts der Überlegenheit des solarischen Staates zum Ausdruck. Der Kunstgriff saß.

„Ja verstehst du denn nicht, dass ihr blonden Grünländer nicht unsere Feinde seid! Eure Kultur muss fallen, sie ist eine Sackgasse der Entwicklung, sie hat ihre Widerstandskraft durch Verweichlichung verloren. Eine Kultur, die kein Blut sehen kann, wird von der Weltentwicklung hinweggefegt. Aber wir sind nicht eure Feinde. Von der Expedition, bei der unsere Steinzeitverbündeten uns in euer Land geführt haben, haben nur zwei überlebt. Für uns ist das Klima nichts. Ihr sollt unsere Statthalter sein. Ihr sollt uns eure Konstruktionspläne geben. Uns Rohstoffe liefern. Ihr sollt euch von den unwürdigen, weichlichen Gesetzen der buntrassigen Méauwwi erheben und euch zurückbesinnen, dass ihr eine Rasse von Kriegern seid. Glaubt ihr wir halten zu den Wilden, bloß weil sie euch verraten? Die müssen als Erstes daran glauben, wenn ... "

Er hielt den Atem an. Er hatte viel zu viel gesagt. Für einen Moment fürchteten wir, er könnte Svenja etwas antun.

Schließlich sagte er: „Deine Leute sollten darüber nachdenken. In wenigen Jahrzehnten haben wir eure Kultur des Stillstands und der Selbstbeschau überholt. Wenn unsere Reichsmacht bei euch einfällt, mit Anti-Grav-Maschinen, die eines Tages eure Sperren an den Polen überwinden werden, dann bleibt nichts mehr von euch übrig."

Der alte König neben mir war aschfahl. Es war schlimmer, als er je gedacht hätte. Ich spürte seinen Atem neben mir und er tat mir leid. Wie es mir wohl ergehen würde, wenn ich meine geliebte Heimat vom Untergang bedroht sehen würde.

Es verging längere Zeit, bis Svenja um Jahre gealtert und von Ekel geschüttelt zur Tür hereinkam.

Hier fehlt mir die Erinnerung, die Übermüdung forderte ihr Recht, ich schlief in dem Raum, der für meine Begriffe überheizt war, ein.

Der König weckte mich zum Frühstück. Er hatte einen schlimmen Husten. Die andere hatten Durchfall und Ausschlag. Die Chinesin Yüen hatte sich noch einmal hereingeschlichen und sie mit dem notwendigsten versorgt. Mit Wassereimern und den Heizkünsten, die ich ihnen beigebracht hatte, hatten sie das Zimmer in eine dampfige Höhle verwandelt.

Prof. Heißschmied fing uns gleich beim Frühstück ab, endlich sei er allein mit uns, Tomek schliefe noch und Dr. Kurowsky säße am Fernschreiber. Wir verlangten unsere Asiatin. Er befahl, sie zu holen.

Zwischen unseren Kaffeetassen breitete er seine Landkarten aus, Karten von Méauwwi, in der Mitte ein großes Gebirge mit der Hauptstadt. Ich wusste davon nichts, aber an der Reaktion der anderen merkte ich, dass die Karten richtig waren. Er legte astronomische Darlegungen über die Lage von Méauwwi und Solaria auf, und der Blick des Königs schien sagen zu wollen: 'Schade, dass du unser Gegner bist. Denn so ist es unser Glück, dass deine Freunde dich für blöd halten.'

Svenja spuckte entsetzt den Kaffee aus, ich musste mich darauf konzentrieren, meinen Freunden beim Essen zu helfen. Vogeleier seien das?, nein danke. Bienenhonig kannten sie und aßen ihn mit Äpfeln von der Anrichte, mit Mandelsplitt und etwas Sahne.

Prof. Heißschmied breitete uralte, staubende Folianten, die er in schwarzen Gummihüllen transportierte, aus.

„Legenden über das Volk der Méauwwi", rief er und seine Stimme krähte vor Entzücken. „Das Volk unter der Erde, das Volk ohne Mond." Er war den Tränen nahe. „Ein Menschenleben habe ich darauf gewartet, euch kennenzulernen, mit euch über die alten Sagen zu sprechen. Die Hohe Stadt über den Wolken, der Hohe Friedensrat der Méauwwi. Kinder, die mit Bären das Nachtlager teilen, Lanzenträger, die von den weißbärtigen Männern der Liebe besiegt wurden. Ein Volk, das die Macht gewaltiger Maschinenkräfte besaß, aber

34

den Platz am Webstuhl wählte, an der Schnitzbank, am Rebstock. Sagt an, meine Freunde", sagte er mit nicht mehr zu bremsendem Überschwang, „seid ihr dieses Volk?"

Sie waren es, ich wusste es, aber es herrschte Stille, man hätte die berühmte Stecknadel auf den Steinfußboden fallen hören.

In Prof. Heißschmieds Gesicht malte sich eine ungeheure Enttäuschung. „Ihr müsst etwas darüber wissen", er ging in einen Flüsterton über, „es muss mehr geben als diese graue Welt des Mars, es muss."

Dr. Kurowsky stürzte herein und sah mit kaum verhohlener Wut auf die ausgebreiteten Sachen des Professors. „Aufwarte!" rief er und fand dabei noch Zeit, Svenja verschwörerisch zuzuzwinkern. „Hier liegen Sachen auf dem Tisch, die wohl kaum auf einen Frühstückstisch gehören."

Erstaunlich schnell raffte der Professor seine Schätze zusammen.

„Sie sind, so hoffe ich, nicht belästigt worden?"

„Nein", antwortete der König langsam, „bis jetzt."

Unsere Asiatin trat ein. Sie schob dem König, bevor Dr. Kurowsky sie wegschickte, einen Zettel in der runden Schrift der Südseemenschen zu.

Dr. Kurowsky erging sich wieder in endlosen Ausführungen. Von seinen wahren Absichten, die wir an Svenjas Tür erlauscht hatten, sagte er nichts.

Prof. Heißschmied saß wie versteinert auf einem Stuhl an der Wand und blätterte blicklos in seinen Karten.

Ich hatte mich auf den Diwan hinübergesetzt, ich hatte zwei neue Welten zu verkraften gehabt und wenig Schlaf, so überfiel mich eine steinerne Müdigkeit.

Als ich wieder aufwachte, war ich allein. Der Speisesaal war abgedeckt und roch nach Bohnerwachs. Die Ein-

richtung war prunkvoller als bei den Méauwwi, aber irgendwie gröber.

Ich wanderte durch die Flure und traf niemand. Bei den Méauwwi hatte mich ständig eine Bewachung verfolgt, hier schien ich das erste Mal wieder frei.

Eine nicht abgesperrte Hinterstiege führte zum Hof. Ich prallte zurück und blieb im Schatten der Tür. Zwei Männer schraubten an unserem Auto herum, dicht vor dem Hinterrad. Ich rührte mich nicht. Der indische Oberdiener stand Schmiere und beobachtete unauffällig die wenigen Fenster in der Rückwand.

Ich war kurz davor, Fragen zu stellen, da stand einer der Monteure auf. Sein ganzes Wesen war eiskalt. Fast, als wäre er kein Mensch. Ich überlegte, woher ich so etwas kannte - ich hatte einmal in meiner Welt Atombomben-Personal interviewt, daher kannte ich diese gähnende graue Leere, diese augenlose Grausamkeit.

Dann sah ich das Seil über der Mauer. Wie automatisch schlich ich mich rückwärts die Treppe herauf. Diese Leute sahen nicht so aus, als würden sie mich ungeschoren lassen, wenn sie mich erwischten.

Mit Herzklopfen schlich ich durch die leeren Kammern der Burg.

Schließlich traf ich eine Ordonnanz in Schwarz und fragte nach meinen Begleitern. Er wies treppauf.

Zhen Shengs Bericht

Endlich hatten meine Begleiter einen Platz gefunden, an dem sie ungestört mit der Asiatin sprechen konnten, in einem Winkel der Burg, der von der Sonne aufgeheizt war, die empfindliche Haut meiner Begleiter aber nicht zu sehr der Sonnenstrahlung aussetzte.

Unsere Asiatin erzählte gerade, wie Tomek nachts in ihre Dienerkammer kam.

Ich war noch in Gedanken: Die ehrliche Art der Ordonnanz, seine fast schon Ritterlichkeit standen in völligem Gegensatz zu dem Monteur, ich war mir mehr und mehr sicher, dass die Eindringlinge nichts mit unseren Gastgebern zu tun hatten. Ich wagte aber nicht, das Gespräch zu unterbrechen.

„Herr Tomek behandelte mich nicht wie ein Dienstmädchen, er setzte sich über die Rassenschranken hinweg und kam gleich zur Sache."

„Hat er...?" fragte Svenja besorgt.

„Hat er nicht!" Für einen Augenblick brach der Stolz aus dem elfenbeinern schönen Gesicht der Asiatin, die übrigens Zhen Sheng hieß. Man konnte die unerbittliche Strenge und Geistesdisziplin dieser Rasse spüren, sie erinnerte mich an die filigran gemeißelte Kunst in Méauwwi.

„Es ging nur um die Sache, er sprach Klartext. Er glaubt, dass das Sonnenreich zum Untergang verurteilt ist, weil es, wir würden sagen gegen die Gesetze der Allharmonie verstößt. Er vermutet, dass auch die Volkssicherheit davon etwas weiß. Er glaubt aber, dass das Sonnenreich eine 180°-Wende machen muss, um zu überleben.

Über die Geheimgesellschaft wollte er nicht viel sagen. Mitten im Kern der Sonnenvolkspartei gebe es Solarier, die erkannt hätten, dass Gewalt der falsche Weg sei, und dass höhere Mächte im Universum den von einer Höherentwicklung ausschlössen, der nicht das Gute wollte. Er flehte mich an, das Volk der Méauwwi zu be-

wegen, den Kontakt aufrecht zu erhalten, um zur Rettung der Solarier und all ihrer Untervölker beizutragen.

Ich sprach ihn auf die solarischen Gegenschwerkraftgleiter an, und auf eventuelle Invasionspläne.

Er schien vorbereitet, dass ich informiert war. Er meinte aber, die Kontinente, die jetzt schon unterworfen seien, würden schon die ganze Besatzungskraft der Solarier absorbieren. Er müsse mich allerdings warnen.

Es gäbe bei uns Verräter. Méauwanische Goten, nur eine Hand voll, die der dunklen Religion der Wilden angehörten. Ein Wilder aus Méauwwi habe sich einst bei der Abwehr gemeldet - Tomek scheint einer der Führer der Abwehr zu sein, Schiffskapitän ist er nicht. Er habe damals dessen Hinrichtung verhindert, aber damals nichts von alledem geglaubt. Seither habe ihn die Geschichte von den Méauwwi nicht mehr losgelassen und er habe mittels seiner Verbindungen zur Geheimgesellschaft der Unsichtbaren Sonne überall recherchiert.

Tomek hat durch Kurowsky erfahren, dass die Verräter jetzt mit der Volkssicherheit zusammenarbeiten. Obwohl Dr. Kurowsky auch zur Unsichtbaren Sonne gehört, verheimliche er etwas, er bäte uns, uns vor ihm in acht zu nehmen.

Natürlich prüfte ich ihn. Wie manche wissen, bin ich bei einer Meisterin des Shen Shsi ausgebildet worden."

Ihre Augen bekamen dabei einen geheimnisvollen Glanz und für meine Augen verwandelte sich das nette asiatische Mädchen für einen Moment in eine äußerst gefährliche Agentin, mit einer Kultur im Hintergrund ohne Furcht vor dem Tod, ohne Kompromisse, ohne Eitelkeit.

„Tomek bemerkte es nicht. Er dient einer Kraft, die viel weiß und in langen Zyklen denkt. Aber diese Kraft unterwirft sich nicht dem Leben, der Allharmonie.

36

Er lügt nicht, aber er befürchtet, wir könnten seinen Gegnern in die Hände fallen und warnt uns nicht.

Er ist nicht unser Feind, aber er dient nicht dem, dem wir dienen."

Es entstand ein langes Schweigen.

Die seidene Stille der Asiatin stand über dem Raum, der Regen rauschte zeitlos, die Natur lauschte.

Wir hörten Schritte.

„Ich muss gehen", Zhen Sheng verschwand.

Wir wurden zum Mittagessen gerufen.

Die Flucht

Ich schlich zum Hof. Das Auto war unbewacht. Auf dem Ledermantel des Königs rutschte ich mit etwas Werkzeug unter die Hinterachse.

Ein Geräusch aus dem Kofferraum! Ich lauschte - es kam nichts mehr.

Geschickt hinter dem Rad versteckt, aber von unten sichtbar, war in ziemlicher Eile ein kleines Radio festgeschellt worden. Ich blieb reglos liegen. War es eine Funkbombe? Mir schien eher, es war ein einfacher Dauersender, der ständig seine Position verriet. Ich sah mir selbst zu, wie meine Hände das Objekt abschraubten. Keine Explosion - ich lebte noch. Ich verbarg den Sender unter der Gummimatte im Fahrerfußraum, warf den Mantel ab und rannte die Treppe hoch.

Meine Gefährten saßen schon beim Mittagessen, ließen den Braten zurückgehen und stocherten aus der Gemüseplatte etwas Essbares heraus.

Der König warf mir einen strengen Blick zu und war dann, als er meine Augen gesehen hatte, sehr besorgt.

Jetzt musste ich handeln. Ich ging schnurstracks auf ihn zu und flüsterte ihm meine Beobachtungen ins Ohr.

Der König ließ einen Zettel herumgehen.

Wir aßen scheinbar ruhig zu Ende.

Svenja beauftragte den indischen Oberdiener mit zahllosen Details zum Tee.

Minuten später standen wir mit Zhen Sheng im Hof.

Die Torwache blickte unschlüssig.

Ich sah einen anderen Schwarzuniformierten am Telefon. Mit Schweiß auf der Stirn, so schnell ich konnte, fuhr ich die schmale Burgzufahrt hinunter.

Ich beachtete nicht die Bewaffneten, die uns misstrauisch nachschauten, und die jeden Augenblick alarmiert werden konnten. Mir wurde klar, sie wussten nichts von unserem Zeitplan, nichts davon, wer wir waren, von unserem Auftrag. Wir sahen aus wie ein paar ihrer Offiziere auf eiliger Dienstfahrt.

Ich fuhr und fuhr und fuhr, ich konnte nichts anderes denken. Wieder trug mich der Glaube meiner Begleiter.

Als eine große schwarze Limousine hinter mir in die Straße bog und verdeckte Augen mich im Rückspiegel anstarrten, gab es kein Halten mehr.

Auf der Hauptstraße konnte ich keine Verfolger mehr ausmachen.

Ich donnerte auf eine Eisenbahnbrücke.

„Halt", rief der König. Er brüllte mir ins Ohr: „Mach er sofort Halt!"

Kurz vor uns lag ein überfahrener alter Mann, schwer blutend. 'Volkssicherheit', dachte ich.

Der König war herausgesprungen.

„Das ist Wahnsinn," schrie ich, „wir müssen weiter!"

Nichtachtend aller Infektionsgefahren griff der König in die Wunde und brachte mit bloßen Händen die Blutung zum Stehen. Sein Begleiter entriss einem weinenden Jungen, vielleicht einem Enkel des Alten, das Hemd und machte einen Verband.

Zwei Motorradfahrer nahten. Die Méauwwi erstarrten. Ich wusste schon, sie gingen ins Gebet, das war immer ihr letztes Mittel.

Die Motorradfahrer rasten vorbei.

Im Kofferraum rumpelte etwas.

Ich war verzweifelt. Da sah ich einen Zug nahen. Ich riss den Sender unter der Gummimatte heraus, nahm den Gürtel vom Ledermantel des Königs und rannte über das Gleis, auf dem ich den Zug erwartete. Mit nervösen Fingern band ich den Sender an den Gürtel.

Für einen Augenblick bat ich den rätselhaften Gott der Méauwwi, - der Sender durfte nicht daneben fallen.

Wie von Stille umfangen ließen meine Hände los, der Sender sank - genau zwischen zwei Waggons. Ich war verzweifelt.

Der Zug war durchgefahren, aber der Sender war weg. Er konnte also nur im Zug sein.

Ich rannte zurück.

„Mach die Autotruhe auf!" Zhen Sheng zeigte auf den Kofferraum.

Er war nicht verschlossen.

Das Gesicht von Yüen schaute mir entgegen, total verbeult und blutig verschrammt, lange hätte sie meine Fahrweise nicht mehr überstanden.

Ich war wütend über die neue Gefährdung. Wir konnten sie doch nicht mitnehmen! Und wenn, gäbe es von Méauwwi kein Zurück mehr.

Yüen wurde während der Fahrt versorgt. Sie überredete meine Begleiter, einen anderen Weg zu nehmen, ich musste umkehren.

Yüen war als Aufwarte von Tomeks Geliebter, einer solarischen Gelehrten, viel in der Gegend herumgekommen.

Wir erreichten fast wieder die Burg. Als ich Yüen des Verrats bezichtigte stellte sich heraus, dass Zhen Sheng uns etwas verschwiegen hatte. Sie hatte Yüen, die einer religiösen Widerstandsgruppe angehörte, ins Vertrauen gezogen, ihr von Méauwwi erzählt und ihr angeboten, falls sie vor dem sicheren Tod stünde, lieber in der fremden Welt von Méauwwi weiterzuleben. Yüen hatte sich nicht von ihrer Familie und ihren Mitstreitern lösen wollen. Aber als sie erkannte, dass der indische Oberdiener und eine Chinesin sie an die Volkssicherheit verraten hatten, wo man noch Namen ihrer Angehörigen aus ihr herausgefoltert hätte, stahl sie mir im Schlaf auf dem Sofa den Autoschlüssel, öffnete den

Kofferraum, brachte ihn mir wieder und versteckte sich im Kofferraum.

Die lange Fahrt durch die Berge war sehr anstrengend und kam mir viel weiter vor als die Hinfahrt. Dauerregen am Tage, das war völlig fremd für meine Begleiter. Die ausgeschlagene Vorderachse und die überbeanspruchten Bremsen zogen an meinen Nerven. Zudem hatte ich den Wunsch, von der leisen Unterhaltung etwas mitzubekommen, die sich um das Schicksal von Méauwwi und Solaria drehte. Meine Begleiter erwogen, ihre Erkenntnisse in Méauwwi der breiten Öffentlichkeit zugänglich zu machen. Ich sollte dabei als Zeuge aussagen. Der König betonte immer wieder, entscheidend sei, die Unvernünftigen in Méauwwi nicht zu ermutigen, Krieg zu wünschen.

Jetzt verstand ich etwas. Auch in Méauwwi gab es keine Einheitsmeinung, kein Einerlei von Pazifisten und Fortschrittsbremsern. Diese Kultur hatte lange keine Herausforderung erlebt, ich war gespannt, ob ihre hohen Ideale hielten, was sie versprachen.

Das letzte Dorf. Fiebernd vor Wachsamkeit glitten meine Blicke über die Passanten. Ein dunkles Gesicht starrte mich an. Ich spürte ein Würgen am Hals, ich hätte schwören können, es war der Wilde, der mir in Alo'has Wohnung die Schlinge um den Hals gelegt hatte. Ich begann an meiner Verfassung zu verzweifeln.

Wir hielten an einem 'toten Briefkasten.' Keine Nachricht von Bobassar, aber auch keine Spur von der Volkssicherheit.

Wir rasten los.

Ein Schwarzer mit nacktem Oberkörper stand mitten auf der Straße und winkte mit den Armen.

Ich gab Gas.

„Steh er still!" donnerte der König.

Ich versuchte, langsamer an ihm vorbei zu kommen.

Wie ein Affe sprang er aufs Auto.

Ich hatte das Gesicht neben mir im Seitenfenster: „Fremd Freund retten die Wilde Mann von Volkssicherheit.

Volkssicherheit die ganze Höhleneingang nach Méyauuwi umstellt!"

Ich hielt fassungslos. Er war es tatsächlich. Und er wagte es, mich um
Hilfe zu bitten.

Der König überlegte: „Jetzt wird es
kritisch. Erinnert ihr euch, was wir als
Kinder gelernt haben? Wir müssen ein
Gedankennotsignal an die Diener
setzen"

Ich wollte nicht, dass der Wilde ein-
stieg, aber man glaubte mir nicht, dass
er gefährlich sei.

Der König nahm einen Magnet-
kompass und alle konzentrierten sich.
Als der Wilde die Augen nach innen
drehte, packte Armin, der Begleiter ihn
hart am Kinn und der König herrschte
ihn an: „Lass die Dunkle Macht aus
dem Spiel oder wir liefern dich aus."

Der Wilde biss sich in die Hand, ich
verzweifelte, denn Minuten vergingen.

Die Volkssicherheit hätte uns längst
entdecken müssen.

Plötzlich begann die Magnetnadel
sich leicht zu bewegen, zitterte genau
sieben Mal um 120° nach links und
beruhigte sich wieder.

Der König starrte mich an: „Die
Diener haben uns geortet, wende das
Fahrzeug und fahre dann so bald es
geht nach rechts."

Gesagt, getan.

Wir tauchten in ein dunkles Wald-
stück ein. Plötzlich gab es einen
fürchterlichen metallischen Krach und
die Antriebsräder drehten durch, was
immer ich versuchte. Wir wurden un-
aufhaltsam die Böschung
hinabgezogen.

Wir hingen an einer großen Kette,
die uns in ein Moorloch zog.

Neben dem Weg lagen zwei Diener-
Wachen, - erschossen!

„Raus hier!" schrie ich.

Ich wollte aussteigen, aber eine sehr
kräftige Hand hielt mich fest -
Bobassar.

Er befahl uns, sofort alle Spuren auf
dem Weg zu verwischen.

Unser Auto wurde in das Schlamm-
loch hineingezogen.

„Wer ist das?" fragte Bobassar und
packte Yüen.

Zhen Sheng warf sich dazwischen:
„Lass sie!"

„Sie kann hier nicht zurückbleiben!"

„Das weiß sie!"

„Wir müssen ihre Erinnerung an den
Übergang löschen!"

„Ja," sagte Zhen Sheng und Yüen
nickte.

Durch das Verwischen der Spuren
im strömenden Regen waren wir bald
über und über verdreckt.

Bobassar, der keuchend das
schwere Kettenzuggerät schleppte,
schaute immer wieder hoch, wegen
der Flieger, und weil er die Dunkelheit
herbeisehnte.

„Warum kommen die von der
Volkssicherheit nicht?" fragte ich.

„Sie warten darauf, dass ihr ihnen
den Weg nach Méauwwi zeigt."
Bobassar grinste. „Es wimmelt nur so
von ihnen. Wenn sie euch hätten krie-
gen wollen, wäret ihr längst erledigt."

Wir krochen in eine Schlammgrube.

„Warum habt Ihr die Wachen para-
lysiert?" wollte der König wissen.

„Als sie euer Gedankenfeuer auf-
fingen, konnte ich sie nicht daran
hindern, euch helfen zu wollen, außer
damit." Er hielt ihm eine unförmige
silbrige Waffe unter die Nase.

„Deshalb werden die Diener niemals
brauchbare Agenten abgeben", fügte
er hinzu.

„Die Körper müssen verschwinden."

„Bei Dunkelheit."

In der Schlammgrube war - ein
Gegenschwerkraftgleiter.

Bobassar begann sich auszuziehen.
„Im Gleiter herrschen Méauwwi-Be-
dingungen, ihr müsst euch umziehen."

Yüen war vorgewarnt worden, aber
ihre stoische Miene konnte nicht
darüber hinwegtäuschen, dass es sie
sehr große Überwindung kostete, ihre
Kleidung abzulegen.

Im Inneren war es unvorstellbar
heiß, eine Luft wie in der Hölle, und
wieder dieser Sauerstoffreichtum, der
einen bei jedem Atemzug ohnmächtig
werden lassen konnte.

Ich kauerte mich hin. Es prickelte - ach ja - die Elektrizität auch noch.

Yüen starrte fassungslos, vielleicht zweifelte sie in diesem Moment an Zhen Sheng und fragte sich, ob sie nicht den Tod hätte vorziehen sollen.

Die anderen waren in ihrem Element. Svenja huschte hin und her und bereitete etwas zu Essen. Armin übernahm die Funktion der erschossenen Wachen und prüfte die Geräte.

Der Wilde, Bobassar hatte ihn angekettet, starrte in die Luft. Bobassar wollte unbedingt wissen, auf welchem Weg er hierher gekommen sei. Unter seelischen Qualen begann er zu gestehen. Es gäbe einen unterirdischen Fluss, den die Wilden seit jeher kennen würden. Nun habe sich die Volkssicherheit dieses Wissens bemächtigt und dringe nach Méauwwi ein. Noch gelänge es ihnen nicht, dort zu überleben.

Die Dunklen Götter hätten ihnen, den Wilden, gesagt, sie sollten die Pforte öffnen, damit die Völker von Méauwwi gezwungen seien, die teuflischen Solarier zu vernichten.

Nun glaube er, die Dunklen Götter hätten die Wilden an die Solarier verraten.

Von Verrätern unter den weißen Méauwwi wisse er nichts, erst recht nicht, wie diese es schafften, von den Dienern nicht an ihren Taten gehindert zu werden.

Bobassar bebte vor Zorn. Aber ich glaubte dem Wilden, denn ich erinnerte mich an die vorletzte Nacht, wo er mich anwerben sollte. In Bobassars Kopf tobte es, er schmiedete und verwarf Pläne.

Dann ging er mit mir hinaus. Ich vertrüge das schrecklich kalte Klima. Wir tasteten uns durch den Wald, immer auf der Hut vor Patrouillen.

Wir zerrten die 'Leichen' der Diener zum Moor. Sie waren sehr schwer. Jeder zog an einem Arm. Bobassar benutzte seinen Paralysator und ein seltsames Gerät. Die Gestalten welkten vor sich hin, verkohlten, Staub

40

fiel von ihnen ab, dann schoben wir die Überreste ins Moor.

Jetzt war es ganz dunkel. Einmal hielt mir Bobassar den Mund zu, es war ein Polizeigriff, ich war zu keiner Bewegung fähig.

In geraumer Entfernung schlichen zwei schwarze Gestalten vorbei, Wachen, wie ich sie von der Burg her kannte. Die Helme schimmerten im Mondlicht. Wir lauschten noch lange in den finsteren Wald hinein.

Zitternd stiegen wir in den Gleiter.

Bobassar weckte die anderen: „Wir müssen los. Sie durchkämmen den Wald."

Armin machte den Piloten, Zhen Sheng die Navigation. Dass sie ohne Diener nur sehr schwer fliegen konnten, sagten sie mir nicht.

Die Triebwerke summten, Kontrolllampen blinkten. Der Rumpf rüttelte sich, jedenfalls schien es so, denn spüren konnte ich nichts.

Da sah ich, dass Erde vom Fenster herunterfiel - wir waren längst in den Himmel gestartet. Bobassar warf sich auf den Co-piloten-Sessel.

Wir flogen auf den Mond zu.

Yüen, der Wilde und ich mussten uns hinlegen. Was Zhen Sheng mit uns gemacht hat, weiß ich nicht, jedenfalls begannen meine Sinne zu entschwinden. Vage Bilder stiegen in mir auf, ein sehr großer blonder Mann und eine ebensolche Frau, beide in Regenmänteln in meiner Welt und der seltsame Gedanke, auch sie besäßen ein Flugobjekt und sie hätten mich einmal mitgenommen. So sehr ich mich auch bemühte, der Flug Richtung Sterne wurde immer irrealer, immer mehr Traum und mehr weiß ich nicht mehr.

In Sicherheit

Es war das ferne Rufen tropischer Vögel, durch das ich erwachte.

Es war heiß. Ich lag fast nackt ausgebreitet auf einem glatten Laken in einem sonnendurchfluteten Raum. Neben mir stand eine Gestalt mit asiatisch wirkenden Gesichtszügen in einem Kleid aus Metallglitter.

Ich fühlte mich erschöpft, aber unendlich wohl. Meine geschundenen Glieder waren gewaschen und gesalbt worden. Diesmal genoss ich das feine Kribbeln der Schwebfliegen und Schmetterlinge, von denen ich inzwischen wusste, dass sie weder giftig noch gefährlich waren.

Die Dienerin ging hinaus. Ich hielt an mich, die würzige, ein wenig honigduftende Luft langsam zu atmen, wegen des vielen Sauerstoffs. Es war eine Luft, die in allen Zellen prickelte und einem trotz des sehr heißen Wetters ein Gefühl der Frische gab.

Am klaren blauen Himmel sah ich, dass es schon später Vormittag war, die Morgennebel waren verschwunden, und das Wetter in Méauwwi ist jeden Tag gleich.

Die Dienerin kam wieder:

„Ihr Morgentrunk, Sir."

Sie sagte es wie immer, ohne Ironie, als ob früher Morgen wäre. Ich musste schmunzeln. Ganz so perfekt waren diese erstaunlichen Geschöpfe auch nicht, sie hatten doch etwas von der stupiden Gleichgültigkeit unserer Roboter.

Gestärkt trat ich an die Fensteröffnung. Die Vegetation war ganz verändert. Alles war voller silberner Wollfäden, sie wuchsen am Boden, flogen durch die Luft, verhingen sich in den Bäumen. Einige Büsche ließen dazwischen Trauben von schimmernd violetten Kirschen erglitzern.

Trotz der Hitze waren die Blätter noch nicht ganz getrocknet. Die Steine rochen nach warmem, feuchtem Moos.

Erst allmählich begann ich, mir Gedanken über meine Begleiter zu machen, wie mochte es dem König

gehen, Svenja, Yüen, Zhen Sheng, Bobassar, dem Wilden?

Ein mannsgroßer Affe mit weißem Fell wippte auf einem Ast und beobachtete mich. Zwei Eidechsen kletterten blitzschnell den Felsen hinunter.

„Gibt's keine Nachrichten für mich?" fragte ich die Dienerin.

Sie verneigte sich und ging.

Ich durchwanderte den Raum. Der Boden bestand aus poliertem Holz, war aber griffig für nackte Füße, sogar wenn es nass war. An den Möbeln war viel Schnitzwerk, aber das harte Holz war überall abgerundet, man konnte sich die Haut nicht aufschlitzen. Andererseits, unsere lose Kleidung hätte man ständig verhängt und aufgerissen.

Sehr viele Darstellungen waren von Blumen und Ornamenten, aber ich entdeckte auch Bilder, die mit der Vergangenheit dieses Volkes zu tun haben mussten. Darunter waren auch Darstellungen mit wallenden Gewändern, mit Rüstungen und Pferden, die etwas Unrealistisches an sich hatten, der Künstler hatte es nie selbst gesehen. Ob die Vorfahren auch einst in Solaria gelebt hatten? Kam daher die Ähnlichkeit der Sprache und der Menschen? Und wie war ich so schnell von dort hierher gelangt? Mein Gedächtnis verriet es mir nicht. Statt dessen kamen, während ich nachdachte, Fetzen von Erinnerungen an die Welt aus der ich stammte, eine verregnete Großstadt, in der Gespräche mit rätselhaften Fremden stattgefunden hatten, ob ich eine Mission übernehmen wollte.

Die Dienerin kam mit einer blonden, sogenannten Nonne zurück - was eine richtige Nonne ist wussten die Menschen hier nicht. Die Nonne, an der Farbe des Kleides erkannte ich die Telefonnonne - die Diener wechseln ihre Farben nicht - berichtete mir, dass alle Teilnehmer der Expedition wohlbehalten angekommen seien.

Ich sei zu einem Treffen auf dem Hausboot von Karmanns Vater eingeladen. Über das Schicksal des Wilden dürfe sie nicht berichten. Yüen sei auch für das Hausboot angekündigt. Militärische Informationen über eingedrungene Volkssicherheitsleute müsse sie mir verweigern. Wie es möglich gewesen sei, mit einem Fluggleiter von Solaria nach Méauwwi zu kommen, wo ich auf dem Hinweg durch die halbe Erde hindurch gefahren war, das dürfe sie mir ebenfalls nicht beantworten.

Ich trat vor sie hin und schaute in ihr schönes, nichtssagendes Puppengesicht. Ich würde aus ihr nicht mehr herausholen, und wenn ich sie prügeln würde.

Klarer Gedanke, uneigennützige Absicht, ausführbarer Befehl, gingen mir die Grundregeln durch den Kopf.

„Organisiere sie mir eine schnelle Fahrt zum Hausboot."

Sie machte auf dem Absatz - den ihr Ballettschuh hatte - kehrt und wischte mit einem „Ja, Sir", auf schweren Füßen aus dem Zimmer.

Ich ging durch die Fensteröffnung und stieg einen Pfad über die Felsen ins untere Stockwerk hinunter. Eine Wache kletterte ungeschickt hinterher.

Vor dem Wohnzimmer, einer offenen Höhle im Stein, floss ein Bach. Die Schönheit der Blumen war überwältigend. Bis auf die Tierstimmen war es völlig still. 'Ein Ort, an dem man bleiben möchte?' überlegte ich. Wieder kamen Bilder aus meiner Heimatwelt, nasskaltes Wetter, jeden Tag anders, Verkehrslärm, Geldsorgen, Ehekrach, Heuschnupfen, Arbeit in Krisengebieten. Bei der Vorstellung, jahraus, jahrein in diesem tropischen Paradies leben zu müssen, wurde mir doch etwas beklommen.

Plötzlich verstand ich, warum die Méauwwi viel arbeiteten. Die Langeweile musste sonst sicherlich unerträglich sein.

„Haben sie Bücher?" fragte ich die Wache.

„Bitte folgen Sie mir, Sir."

Wir gingen eine ganze Weile, über Treppen und Pfade, durch Schilfgärten, Hallen und einmal mitten durch einen Swimmingpool, in dem kleine Kinder planschten. Ich verstand, dass es in meinem Apartment kein einziges Buch gab.

In einer kleinen Holzkuppel empfingen uns drei Nonnen in Grau.

„Das Bücherhaus der Wohngruppe, Sir." Die Wache trat zurück.

Ich konzentrierte mich, bis ich mir bildhaft vorstellen konnte, was ich suchte: „Sie bringe mir ein Buch über die Geschichte dieses Volkes für Kinder."

Eine Nonne, die hinten stand, schaute auf eine beschriebene Säule, nahm eine Leiter zum Einhängen und kletterte die Regalwand hoch. Mit einem unförmig großen Holzklotz, der sie in die Tiefe zu reißen drohte, stieg sie wieder hinab.

Ich nahm auf einer Holzbank Platz, die erste Nonne blätterte für mich. Auf den steifen dünnen Holzplättchen war alles gemalt und überlackiert, die Bilder und der hineingemalte Text. Ich sah Beduinen in wallenden Gewändern, Wikinger mit waffenstarrenden Schiffen, ich sah den Mond, ähnlich wie unser Mond, nur verkraterter - es waren Bilder von Solaria. Der Maler hatte es nie gesehen, aber ich hatte es gesehen.

Die Telefonnonne und eine Wache in Chauffeurs-graublau kamen herein.

„Ihr Wagen, Sir. Sie werden erwartet."

Hastig blätterte ich noch ein bisschen weiter, ich sah riesige Astronomie-Steinbauten im Dschungel, fliegende Untertassen vor der roten Sonne, dieser Teil spielte in Méauwwi.

Es war mir zu mühsam, die Texte zu lesen, sie waren in seltsamen Stabreimen abgefasst, wie:

„Es senkten gar
von oben her
der Atlaan Schar
vom Lichte hehr
in der Gefahr
zu Hülfe sehr
sich uns'ren nah
hinunter."

So ging dieses ganze gemalte Buch. Kein Wunder, dass manche Méauwwi so eigenartig sprachen.

Die Diener bauten sich neben mir auf, es war Zeit zu gehen. Schweren Herzens gab ich das Buch, das eher wie ein bemalter Holzklotz aussah, zurück.

Wir gingen über einen Kräuterrasen und gelangten durch eine knöcheltief mit Wasser gefüllte und mit Palmwedeln überwachsene Rinne zum Schwebeauto.

Es musste gegen Mittag zugehen, dann das Wasser auf den Pflanzen war fast getrocknet, die Luft war heiß, aber klar, die Sonne, die den ganzen Tag am selben Fleck zu stehen schien, brannte nicht.

Im Auto war alles blitzblank geputzt, nicht so schmuddelig wie bei den Solariern. Ich genoss den Fahrwind, der Chauffeur schwieg, wie immer.

Wir sausten auf den See zu, ich hielt mich fest, aber der Wagen glitt dicht über das Wasser hinweg, ohne darin einzutauchen. Wenn ich mich hinauslehnte, konnte ich den Schatten über das ganz leicht unruhige Wasser hinweggleiten sehen. Wir bremsten ab, ein fast unhörbar hohes Pfeifsignal ertönte und eine Schar Wasservögel machte den Weg frei.

Wir näherten uns einem Turm, einem hohlen Baum, der ein Stück entfernt vom Ufer im See stand und zu einer Station umgebaut worden war. Er war nach Südseeart eingerichtet und enthielt Lagerräume, eine Imbissstube und eine Bootsanlegestelle. Außer den Dienern war nur ein kleiner Südseejunge mit einer Art zahmen Robbe da.

Von einem weiter weg liegenden Segelschiff sah ich ein Boot ablegen. Es hielt direkt auf uns zu.

Der Junge bestand darauf, mir die kinderkopfgroßen Muscheln vorlegen zu dürfen, die er mit seinem Tier-Freund ertaucht hatte. Seine schlammbespritzte Wache musste eine besonders große in Schilfgras einpacken, ich sollte sie mitnehmen.

Das Boot, das mit einem mir unbekannten Antrieb sehr schnell gefahren war, legte an. Karmann packte mich an den Unterarmen, das ist dort eine Begrüßung unter Männern. Die Méauwwi sind nämlich mit Berührungen zurückhaltend, und das liegt nicht an den elektrischen Stromschlägen.

Karmanns Boot tauchte nicht tief ins Wasser ein, eher wie ein flacher Kiesel, der über die Oberfläche springt. Ich musste mich gut festhalten, und immer wieder ging die volle Gischt über uns hernieder.

Das Segelboot war ein großes Hausboot. Wir wurden samt Boot hochgezogen.

Alles war aus Holz. Der Stil erinnerte an die untergegangene Kultur der Goten. Es war ein weicheres Holz als das ewige Eisenholz der Riesenbäume, das sie für Böden und Möbel verwendeten und es wirkte merkwürdig spannungslos. Ich erinnerte mich, dass die Méauwwi das Holz dann schlugen, wenn der Baum gestorben war.

Die Decks waren geräumig. Karmann führte mich auf eine höhergelegene Plattform. Unter uns sah ich ein Spalier von strahlend weißgekleideten Dienern und drei Männer: Einen weißbärtigen König der Südseeinsulaner, einen uralten, glatthäutigen, vergleichsweise fetten chinesischen Buddha, und - Bobassar.

Er schien sich zu verteidigen und war sehr aufgebracht. Eine strahlend weiße Nonne hatte die Hand auf seinem Armband und schrieb mit.

„Wer ist der Kahlköpfige?" ich deutete auf den Asiaten.

„Ein Wächter des Hohen Rates, er hört Bobassar kraft seiner Gabe."

43

Der Asiate hatte mich im Augenwinkel bemerkt, zwei strahlend weiße Dienerinnen stürzten die Treppe hinauf. In diesem bangen Moment wurde mir bewusst, welche Macht die Diener darstellten, für den, der sie wirklich handhaben konnte, durch klare Gedanken und Uneigennützigkeit. Sie reagierten blitzschnell auf seine Regungen, keine Maschine, die ich kannte, war dem entfernt vergleichbar.

'Über Bord springen,' dachte ich, da hatten mich die Dienerinnen schon gepackt und hielten meine Arme wie in Schraubstöcken fest.

Wie sich später herausstellte, wollten sie mich nicht am Fliehen hindern, sondern am lebensgefährlichen Sprung, sie waren die Spiegel ihres Herrn, gedankenschnell und unerbittlich.

Ich wurde neben Bobassar gesetzt. Der Chinese schaute tief in mich hinein, in mein Wohlergehen hier, meine zunehmende Gleichgültigkeit, selbst die Gedanken, ob ich wohl schon nach Hause zurückkehren sollte oder noch nicht, die mir selbst noch gar nicht bewusst waren, breiteten sich vor ihm aus.

Seine Stimme war hoch, sie klang alt und zahnlos, wenn auch durch den asiatischen Akzent, aber sein Blick war unerbittlich streng und sein Wille schien mich wie mit metallener Kraft am Boden festzunageln.

Ob ich als Fahrer in Solaria jemand verletzt hätte, ob wir Tiere getötet hätten. Seine Kraft drang in mich ein und alle Situationen, wo ich haarscharf an Passanten vorbeigefahren war und Bilder von Fliegen, die an der Windschutzscheibe zerplatzt waren, bauten sich vor mir auf.

Ich atmete tief und sagte: „Nein."

Es herrschte lange Stille.

Schließlich erhob sich der Asiate und ging. Der Südseekönig trottete hinterdrein.

Bobassar packte meine Schultern, ließ den Kopf gegen meine Brust sinken und seufzte: „Das war nicht leicht."

Er erklärte mir, dass er nun hoffen könne, entlastet zu sein. Alle Vorgehensweisen der All-Sicherheit und der Regierung - damit meinte er Sigbjœrn, den 'König' - seien strengstens vom Hohen Rat geprüft worden und er hoffe, er könne seine Arbeit fortsetzen

Es war Windstille. In Méauwwi konnte es unglaublich still sein. Ich hörte das Trapsen von Seevögeln auf dem Deck. Seltsam, sie hinterließen alle keinen Dreck, aber das lag sicher an den Putztrupps, die hier alles und jedes auf Hochglanz hielten.

Mit den nachtblauen Wachen kamen zwei hochgewachsene dunkelhäutige Burschen ohne typisch negroide Gesichtszüge, ähnlich unseren Äthiopiern oder Hamiten. Sie rempelten Bobassar derb an und wollten, dass er mit zum Festsaal käme, er verpasse ja alles. Es waren seine Söhne. Der muskulöse Geheimdienstchef fügte sich und wir stiegen treppab.

Im mit Federn und Blumen dekorierten Saal kam mir Svenja entgegen. Karmann stellte mir seinen Vater vor, den Schiffseigner. Er sah aus wie ein junger Student.

Zhen Sheng kam mit Yüen, die sich in der dürftigen Kleidung immer noch sehr unsicher benahm und sehr verkrampft wirkte. Sie erzählte mir aber, der Wächter des Hohen Rates habe sie verstanden und sie dürfe nun ihre ganze Kraft einsetzen, um von Méauwwi aus für ihr unterdrücktes Volk und ihren unterdrückten Glauben zu wirken.

Es war Zeit zum Mahl. Beschattet von getrockneten Palmwedeln standen Tafeln auf dem Oberdeck. Die Méauwwi liebten es, alle zusammen zu speisen.

Eine Dienerin mit einer Art Harfe spielte leise auf. Eine andere ging mit einem Spieß umher und fischte die silbernen Wollfäden aus dem Essen.

Sehr große Melonen wurden geschlachtet. Kollegen von Karmanns Vater, zwei Sekretärinnen des Hohen Rates mit blendend weißen Blüten im

44

Haar, Südsee-Familien, die zu Besuch waren, meine Begleiter von der All-Sicherheit und - eine Frau von den Wilden mit ihrem Baby saßen durcheinander an der Tafel.

Das Lachen verstummte. Ich musste mich wieder in ihre Essweise bequemen. Es gelang mir aber nicht. So sah ich wie von außen, wie die Méauwwi mit andächtiger Konzentration einzelne Früchte wählten, als sei essen das Wichtigste auf der Welt. Dienerinnen gingen leise umher, räumten Schalen ab und brachten Getränke.

Ich fühlte mich zu unruhig für diese Welt. Die granatapfelartigen Früchte schmeckten wunderbar, besser als unsere Pfirsiche, aber mir stand der Sinn nach einer Pizza.

Nach dem Essen herrschte lange Zeit andächtiges Schweigen. Eine Sekretärin des Hohen Rates, es war eine Farbige von Bobassars Rasse, wurde flüsternd bestürmt, etwas zu tun, was zu tun sie sich zierte.

Schließlich traten zwei Dienerwachen in blendend Weiß mit großen Waldhörnern auf, die Sekretärin stieg halb auf die Reling und begann aus voller Kehle einen langgezogenen Gesang anzustimmen. Die Wachen spielten dazu eine Melodie, oder vielleicht auch die Obertöne. Sie sang in einer Sprache, die ich nicht verstand. Nacheinander standen die Gäste auf und summten den Refrain mit. Es war, als würde das ganze Schiff von einem Sausen und Summen erfüllt, es war fast betäubend. Immer mehr Zuhörer erhoben sich und wiegten sich in der Melodie, bis es ein einziges Wiegen und Wogen war. Musik musste für die Méauwwi etwas sehr, sehr Wichtiges sein.

Für mich wurde es Zeit zu gehen.

Zhen Sheng hatte sich mir genähert, Sigbjœrn, der, wie sich herausstellte, kein König, sondern einer der Sicherheitsminister von Méauwwi war, wollte, dass ich ihn besuche.

Karmann hatte schon alles vorbereitet.

Der Abschied fiel mir schwer, Svenja legte ihre Fingerspitzen auf meine Fingerspitzen, eine Südseegeste inniger Verbundenheit. Zum ersten Mal spürte ich die überwältigende Herzlichkeit dieser Frau. Ich hatte hier Freunde gefunden, so fremd sie mir auch waren.

Bobassar kniff mich in die Backe, oben am Wangenknochen, ich überwand mich, bei ihm dasselbe zu tun. Ihn würde ich vermissen.

Zhen Sheng neigte sich leicht mit der Hand auf dem Herzen, Yüen legte die Hände zusammen unter die Nase und verneigte sich ebenfalls.

Ich hatte das seltsame Gefühl, hier ein Zuhause zu haben und jederzeit zurückkehren zu können.

Das Hausboot hatte richtig Fahrt gemacht und wir waren mittlerweile weit in einen Flussarm hineingefahren.

Karmann verstaute einige Sachen in seinem kleinen Boot. Wir nahmen ein junges Südseepaar mit, das in unsere Richtung wollte.

Als wir ablegten, begann sich der Himmel ganz allmählich zuzuziehen. Dabei blieb es unvermindert heiß, so heiß, wie man es in unserer Welt niemals aushalten würde. Nur die Sonne die nicht brennt und die andere Luftzusammensetzung machten es möglich.

„Habt ihr wirklich jeden Tag das selbe Wetter?" fragte ich Karmann.

„Die Farben wechseln etwas von Monat zu Monat, im Jahrestiefpunkt ist der Regen am Härtesten und Schwersten, im Jahressommer ist er fast Wasserstaub. Kein Tag gleicht ganz dem anderen, das ist ein Gesetz."

Gerade noch hatte ich geglaubt, mich in dieser Welt eingelebt zu haben, jetzt war sie mir wieder fremd.

Das Paar, ein Liebespaar für meine Begriffe, berührte sich die ganze Fahrt über an den Fingern und schwieg. So wie ich die Méauwwi inzwischen kannte, waren sie sicher über 20, aber für sie musste es in der Pubertät sein.

45

Karmann sah ständig durch sie hindurch.

Wir fuhren durch ein Meer von Seerosen. Dann sah ich am Ufer Elefanten. Es waren die größten Tiere, die ich je gesehen hatte.

„Riesenmammuts", sagte Karmann und machte einen weiten Bogen um die planschenden, trompetenden und Fontänen spritzenden Giganten. Eine Mammutkuh, die sich zu ihren Kindern ins Wasser gestürzt hatte, löste eine solche Welle aus, dass wir einmal hindurch tauchten und völlig nass wurden. Das Liebespaar nutzte den vermeintlich unbeobachteten Augenblick, sich zu küssen. Auch Karmann zeigte keine Spur von Schrecken, und Wasser stört die Méauwwi sowieso nicht.

Der Himmel hatte sich inzwischen ganz zugezogen. Karmann sah ab und zu hinauf. Ich wusste, es war mit dem allabendlichen Gewitter und dem Nacht für Nacht gleichen Regen zu rechnen.

Wir legten an einem Pfahl am Ufer an und stiegen den sandigen Hang der Böschung hoch. Das Südseepaar wurde von einer Dienerin in Hellrot abgeholt. Als ich Karmann nach den Hintergründen fragte, errötete er und wollte mir keine Auskunft geben. Ich wollte die Wache fragen, aber sie drehte sich um.

Ein uralter Hundebär rannte auf uns zu. Er brummte Karmann an - es waren also wirklich Bären, das klang überhaupt nicht nach Hund - und beschnupperte dann mich, wobei er mich mit klugen Augen ansah. Dann brummte er die Wache an und diese marschierte wie auf Befehl hinter ihm her. Karmann erklärte mir, dass die Silberbären sehr klug seien und wenn dieser zur Eile dränge, sei das Gewitter nicht mehr weit.

Wir folgten dem Tier im Gänsemarsch auf einem gepflegten Trampelpfad über sehr sandiges Schwemmland, auf dem einzelne Bäume standen, es war nicht die Art Wald, die ich hier kannte. Wir durch-

querten ein Altwasser - ich musste fast schwimmen - und stiegen in einem finster überdachten Wald bergauf. Als der Weg in kahle Felsen hinausführte, war der Himmel purpurrot und die Adern hellvioletter Entladungen zuckten darüber. Es sah erschreckend aus, aber zu hören war fast nichts, das leise Grollen oder Zischen konnte Einbildung sein.

Der Regen begann als ganz leichtes Sprühen. Der Bär lief etwas schneller und so auch wir.

Gerade als wir in einen Höhleneingang eintraten, stürzten wolkenbruchartige Schauer hernieder.

Ein Morlok mit einem geschnitzten Krückstock trat uns entgegen. Der Bär brummte und der Morlok verschwand sofort im Inneren der Höhle.

Kurz danach trat Sigbjœrn, der ‘König' heraus, auch mit einem Krückstock. Es stellte sich heraus, dass er von Beruf Krücken für Unfallopfer schnitzte und an diesem Abend nacharbeitete, was er während unseres Ausflugs versäumt hatte.

Seine Frau, unglaublich dürr und mit einem langen fahlweißen Pferdeschwanz, begrüßte uns herzlich, ließ uns aber sogleich wieder allein.

Sigbjœrn dankte mir sehr. Mit einem Schmunzeln bat er mich, ihm einige schroffe Weisungen nachzusehen, er sei als junger Mann bei der Vulkanrettung gewesen.

Ich verzieh ihm, denn ich hatte mich wirklich darüber geärgert.

„Bist Du wirklich Minister und nebenher Holzschnitzer?" fragte ich.

„Mit den Prothesen verdiene ich mein Entgelt, da es mir doch mein Alter noch erlaubt, der Minister, wie Du es nennst, folgt nur dem Rufe des Volkes, der ihm erlaubt, zu dienen."

Wir schwiegen eine Weile. Der ununterbrochen prasselnde Regen war laut, aber auch beruhigend. Der Himmel, den wir aus der Öffnung der Höhle heraus sehen konnten, war nun dunkelviolett.

Die Höhle war sauber aber einfach eingerichtet. In die Ausbuchtungen der

Höhle führten einfache Holztreppen. Das indirekte Licht musste aber künstlich sein und bei den Schnitzwerkzeugen sah ich auch Spuren moderner méauwanischer Technologie. Sigbjœrn konnte mir noch nichts über die eingedrungene Volkssicherheit sagen. Die Regierung bereite sich darauf vor, das méauwanische Volk aufzufordern, sich mit dem Solarierproblem auseinander zu setzen. Das hieße nicht Aufrüstung sondern neue Wege beschreiten. Ein Erstarren in der Vergangenheit könne den Untergang bedeuten. Man habe beschlossen, dass ich nicht als Zeuge aussagen müsse.

„Wir haben Dir Äußerstes abverlangt und können Dir nichts mitgeben, wenn Du in ferne Welten zurückkehrst. Du hast mehr für uns getan, als Du je begreifen wirst." Ich wehrte ab. Aber der König fuhr fort: „Wir hatten nie die Kontaktaufnahme gewagt, obwohl wir sehr viele Informationen gesammelt hatten. Wir brauchten einen Mittler und das warst Du. Zuerst fiel es mir schwer, Dir zu vertrauen, aber ich habe erkannt, dass Du zuinnerst ein gutes Herz hast."

Ich schämte mich angesichts der herzlichen Wärme dieses alten Mannes, und meine gar nicht so edlen Charakterzüge standen mir vor Augen.

„Nun ist es Zeit zur Nacht, doch bewege noch eine Frage in Deinem Herzen, wenn der Lauf der Dinge Dich riefe, würdest Du von Neuem den Sprung über den Abgrund der Welten wagen, um uns zur Seite zu stehen?"

Er hob die Hand: „Sage jetzt nichts. Bewege es in Deinem Herzen."

Eine Wache trat ein und blieb, obwohl Sigbjœrns Hand sie fortwies.

Der Südseekönig vom Hohen Rat trat ein mit Alo'ha, dem Südseekind aus dem Stamm der Baumbewohner.

„Verzeiht, wir kommen spät und ungemeldet, doch ist es Brauch in unserm Volke, den hochverdienten Gast nicht ohne Reichung zu entlassen."

Er war klatschnass, strahlte aber über das ganze Gesicht.

„Tritt, unsere Tochter, nun vor und reiche Du den Stern der Nacht. Er ward verwandelt im Konverter der Atlaan, grau glänzt er nun und ohne Leben. Kehrst Du doch heim in Deine Welt und siehe dort was strahlt. Er singt das Lied der Dankbarkeit des Grünen Volks hienüber. Zuzeiten wirst vergessen uns, wie manch ein Traum verblasst, dann nimm den Stein und grüße uns, teilhaftig der Du unsrer Liebe bist."

Er sang fast, was er sprach und es hüllte mich mehr ein, als dass ich es verstand. Ich nahm die graue Murmel.

„Es ist Stoff Deiner Welt nun. Kein Forscher wird Dich daran enttarnen."

Sigbjœrn bot den Gästen ein Lager an, eine Dienerin geleitete mich zu dem meinen. Ich hörte noch lange durch die hohlen Gänge die Gespräche.

Mein Bett war aus Pflanzen, ein einfaches Lager mit einem gewebten Laken. Die Dienerin schmierte mich mit einem feuchten Gelee ein, dass tief entspannend wirkte.

Zum ersten Mal dachte ich an meine Frau und mein kleines Kind in meiner Welt. Und ich überlegte, ob ich Sigbjœrn, dem König ein zweites Mal folgen würde. Ich fragte mich auch, ob ich gerne hier bleiben würde, wenn ich dürfte und wenn niemand auf mich warten würde, - ich wusste es nicht.

Der Abschied

Als ich erwachte, regnete es kaum noch, aber es war dampfig, es war der tägliche Morgennebel in Méauwwi.

An den Morgentrunk - hier schmeckte er wieder anders - hatte ich mich schon gewöhnt. Auch in Sigbjœrns steinzeitlicher Höhle wurde ich von zwei Dienerinnen eingeölt, es hatte nichts Spartanisches. Zwei Libellen, die weit größer waren als bei uns, suchten den Raum ab. Ein Diener polierte meine aus Metallfilmstücken bestehende Kleidung auf Hochglanz.

Unwillkürlich schweiften meine Gedanken ab, nach zu Hause.

Dort war ich mit meiner Frau allein im Bad, dort gab es keine allgegenwärtigen Diener, die nützlich waren, aber unpersönlich. Ich fragte mich, ob man sich jemals so an sie gewöhnen konnte wie an Rasierapparate, Transistorradios, Toaster, Kühlschränke und Getränkeautomaten. Die Méauwwi waren nie allein - nicht einmal bei der Liebe, wie ich erfahren hatte - nur bei der Verinnerlichung in der Grotte.

Man legte mir die Kleider wieder an und eine weitere Wache lud mich zum Frühstück.

Stimmen drangen durch die Windungen der Höhle, die von einem großen Umbruch in Méauwwi sprachen.

Um einen großen, runden Tisch saßen neben Sigbjœrn, seiner Frau und seinen Gästen auch Armin, sein Begleiter und - Zhen Sheng. Auch ich nahm Platz, auf einem altgotisch geschnitzten Stuhl, ähnlich im Stil wie auf Karmanns Hausboot.

Armin war verstummt, aber auf ein Zeichen Sigbjœrns fuhr er fort: „Der Hohe Rat hat zugestimmt, eine schnellere technische Weiterentwicklung vorzuschlagen. Die Begabungen dafür sind im weißen und im gelben Volk vorhanden. Es darf aber kein kulturelles Übergewicht entstehen. Das Problem liegt im Alten Volk der Méauwwi."

Der Südseekönig unterbrach ihn mit einer Geste, offenbar war sein Volk gemeint: „Wir haben den hohen Geist einer alten Kultur, aber die geistig Wissenden sagen, der Wuchs hat an Jugend verloren, die Schlange lang sich nicht gehäutet. Das spielende Kind, das am Fußkettchen der Mutter hängen bleibt, muss Wanderbursche werden, muss schwimmen lernen, tauchen, klettern, Muli reiten, Blitzen weichen, Feuer ahnen, Mehlwurz graben. Wir fürchten wohl die junge Kraft der Goten", er deutete mit den Fingerrücken auf die Weißen, „doch nur weil uns der Mut zum Weiterschreiten fehlt.

Der All-Geist hat uns Frieden nicht zur Selbstbescheidenheit gegeben. Vergessen wir die solarisch unterdrückten Völker, entschwindet unsre Kraft. Ein kleiner Teil von uns hinwieder, so auch die Wilden, stählt sich zum Kampf. Folgten wir dem Dunklen Gott des Blutes, verlören wir den Segen, der uns trägt. Es fordert die geschickte Hand, den feuervollen Abendhimmel sanft zu halten."

Mir war etwas mulmig, denn mir war nicht klar, ob dies alles für meine Ohren bestimmt war.

Dann sah ich, dass der Blick des Südseekönigs mich leicht streifte, als erwarte er vom Fremden, Unbeteiligten eine Antwort.

Ich sagte aber nichts.

Der Nebel hatte sich verzogen und die rötliche Sonne schien mit ihrem Licht, das nicht brannte, genau in den Höhleneingang. Das Spiel von Licht und Schatten machte die altgotischen Schnitzereien lebhaft plastisch. Der Raum enthüllte einen Sinn für Form und Dramatik, ich glaube, den von Sigbjœrns unscheinbarer Frau.

Armin war inzwischen dabei, die Haltungen der Stämme und Völker in Méauwwi darzulegen. Vor meinen Augen enthüllte sich etwas. Obwohl so vieles in ganz Méauwwi immer gleich war, das gleiche Gesetz, die ganz gleichen Diener, eine Regierung, ein Wirtschaftssystem, weitgehend eine Religion, ja sogar fast das selbe Klima, der gleiche Tagesablauf, waren dennoch die verschiedensten Nuancen von Lebensweisen vorhanden wie unzählig viele verschiedene Blumen auf einer Wiese.

Ein Mann mit Verbrennungen kam herein, ein Morlok gab ihm einen Krückstock, und er gab dafür Sigbjœrns Dienerin eine Art Gutschein, ein sogenanntes Entgelt, das Sigbjœrn offenbar zum Bezug bestimmter Leistungen berechtigte.

48

Ich war sehr erstaunt, wie ein so hochentwickeltes Land mit so einem umständlichen Währungssystem funktionieren konnte. Wie konnten sie damit gegen das komplexe Weltwirtschaftssystem der Solarier bestehen?

Ungeachtet des Ernstes des Tages gingen meine Gastgeber zu einem Kugelspiel über. Es erforderte sehr viel Geschick, eine Kugel in ein Loch in der großen, perlmuttschimmernden, unebenen Reliefplatte rollen zu lassen. Alo'ha hielt mir die Hand, ich sollte mich in das Relief hineinversetzen und rollen ohne zu denken. Ich konnte es überhaupt nicht. Alo'ha ließ nicht locker. Sie brachte mich dazu alles um mich herum zu vergessen. Das Solarierproblem existierte nicht mehr. Sie brachte mir bei, mir vom Relief und der Kugel sagen zu lassen, wie ich rollen sollte. Ein einziges Mal vergaß ich meine Bemühungen, und, als wenn die Zeit still stünde, rollte die Kugel. Ich wusste, sie würde hineingehen - es war knapp, und sie ging hinein. Alo'ha sah mich ernst und zufrieden an. Ihr Blick brachte mich dazu, über das Südseevolk nachzudenken. Ihre Fähigkeiten waren erstaunlich. Und sie wussten es. Sie waren die Mehrheit in Méauwwi und prägten ihrer Welt ihre Harmonie, ihre Liebe zur Natur, ihre feine Kultur auf. Ich ahnte, dass sie nie an sich gezweifelt hatten. Sie wähnten sich zu gut, um noch dazuzulernen.

Nach dem Mittagessen stiegen wir auf die sonnenbeschienen Felsen, ein lauer Wind wehte. Sturm gab es hier nur abends.

Sie setzten sich um mich herum.

„Du siehst uns von außen", sagte der Südseekönig, „was würdest Du an unserer Stelle tun."

„Ich bin auch gegen Krieg. Aber die Technik der Solarier entwickelt sich schnell. In meiner Welt ist es genauso. Wo ist überhaupt der Übergangspunkt zwischen den zwei Welten, Solaria und Méauwwi? Wir sind durch unzählige Kilometer Fels gefahren. Wie konnten wir mit dem Gleiter zurückkehren?"

Der Südseekönig zögerte: „An den P..."

„Still", fuhr Zhen Sheng ihn an. „Das muss ein Geheimnis bleiben."

Der Südseekönig schwieg entsetzt.

Ich dachte nach. „Ihr müsst aufholen. Die Solarier sind zu allem entschlossen und werden nicht aufgeben, bis sie gebrochen sind. Ich kenne das alles von meiner Welt. Wenn ihr nicht zu allem entschlossen seit, werdet ihr unterliegen."

Sigbjœrn versuchte zu erklären: „Wir haben Stimmen, die zur Gewalt raten. Damit würden wir das Gesetz verraten und den Schutz und die Inspiration der All-Harmonie verlassen. Wir würden dann entweder zu Solariern oder würden trotz allem unterliegen, besonders wenn das Volk es nicht erträgt, dass die Diener uns nicht mehr dienen."

„Ihr habt also ein Ziel. Aus, vielleicht eurer Religion heraus?"

Der Südseekönig seufzte. „Ja, wir glauben an ein höchstes Wesen. Aber wir hatten es lange Generationen nicht nötig zu IHM aufzustreben. Nun sind wir von der Lauheit geschwächt."

Es entstand ein langes Schweigen.

Eine nachtblaue Wache flüsterte Zhen Sheng etwas ins Ohr. Es war Zeit für mich, zu gehen.

Ich war ein Fremder, aber innerlich wünschte ich meinen Freunden, dass sie einen Weg fanden, ihre Welt zu retten. „Ihr habt alle Möglichkeiten. Ihr seid viel reicher als die Solarier, die immer mit einem Bein in der Selbstzerstörung stehen. Aber ihr müsst euch aufraffen. Ihr müsst kämpfen. Vielleicht nicht mit Waffen. Vielleicht mit diesem höchsten Wesen, wenn's so was gibt. Mit Sicherheit aber mit eurem Mut, eurem Einfallsreichtum, eurer Art zusammenzuhalten, eurer Hilfsbereitschaft."

Mein Appell klang in mir nach.

Es war ein Gefühl der Weite auf den Felsen. Federwölkchen und Schwärme von Vögeln zogen über den Himmel.

Zhen Sheng drängte mich zum Aufbruch. Der Abschied war ernst und tief.

49

Unten am Felsen stieg ich mit Zhen Sheng ins Auto. Es brachte uns zu einem Gleiter der All-Sicherheit.

Wir flogen mit hoher Geschwindigkeit.

Vor uns tauchte ein großer Vulkankrater auf. Beim Überfliegen des Randes sah ich, dass die ganze Innenfläche mit einer weißen Substanz ausgegossen war, wie mit Kunstharz. Das war sehr ungewöhnlich, denn nirgendwo erlaubte man der Industrie und Technik, sich weit in die Natur vorzufressen.

Wir landeten.

In einiger Entfernung sah ich einen großen, ungewöhnlich geformten Gleiter, der matt leuchtete. Daneben standen ein Mann und eine Frau in silbernen Uniformen. Es waren keine Diener. Auch sie schienen Licht auszustrahlen. Es war, als könnten sie mich mit ihren Gedanken anfassen. Ich wusste plötzlich, wer sie waren, sie hießen Klatuu und Siniín und waren die zwei im Regenmantel, die mich in meiner Welt abgeholt hatten. Die Kraft ihrer Ausstrahlung versetzte mich in erwartungsvolle Erregung.

Ich fühlte nach dem 'Stern der Nacht', den Alo'ha mir gegeben hatte, in meinem Metallschurz und verlangte meine Notizen.

Zhen Sheng erklärte, die Atlaan hätten sie auf Erdenpapier konvertiert.

Übrigens dürfe ich nichts mitnehmen, das aus dem Stoff dieser Welt gemacht sei. Im letzten Augenblick zeigte auch die stets beherrschte Zhen Sheng ein Anzeichen der Verbundenheit. Ein seltsamer Blick durchdrang mich, der Freundschaft und Treue bedeuten mochte. Es war nicht persönliche Zuneigung, es war eher so, als wenn ich nun in ihrem Herzen, uneingeschränkt, ganz so wie ich war, mit allem für und wieder, weiterexistieren würde.

Ich ging los. Je näher ich dem Gleiter kam, desto mehr umhüllte mich Licht. Mein Körper prickelte. In diesem Augenblick kam die Erinnerung an meinen Abflug von der Erde zurück. Ich erinnerte mich, wie Klatuu und Siniín, diese seltsamen blonden Riesen, auf meinem Balkon erschienen waren, sich komisch benommen hatten und mir vorgeschlagen hatten, ihnen in eine fremde Welt zu folgen. Ich erinnerte mich plötzlich an meine Bedenken wegen Frau und Kind, an ihren Bericht über den kritischen Punkt im Schicksal von Solaria/Méauwwi, das einen Katalysator bräuchte und an den Abflug bei Nacht und Nebel.

An den Abflug von Méauwwi erinnere ich mich nicht. Wenn es wie auf der Erde war, zog ich einen silbernen Raumanzug an, und mir wurde nach dem Start die Erinnerung genommen.

Ende
50

Zum Ausklang

Die Bäume, die ich durch das Fenster hinter meinem Schreibtisch im Abendlicht sehe, sind mit Reif überzogen. Meine Frau ist mit der Kleinen zum Einkaufen gegangen, es ist still im Haus. Der Verkehrslärm hat abgenommen, ist aber immer noch ungewohnt.

Die Hektik, die Nervosität hier, waren für mich zuerst beunruhigend. An die grellen Farben, das Geld, die Autos und das Fernsehen hatte ich mich schnell wieder gewöhnt.

Ich fühle mich in einer seltsamen Schwebe. So viele Fragen blieben unbeantwortet. Nicht, dass ich mich zurücksehne, aber in meinem jetzigen Leben erscheint mir jetzt vieles so leer. Meine politischen Überzeugungen, für die ich immer geschrieben hatte, schienen mir plötzlich zweifelhaft. Die langen Analysen in den Zeitungen erschienen mir schal und wie Pappe.

Von meiner Reise hatte ich eine Art Stille mitgebracht, wie eine leise Melodie des Herzens, und vor dieser Melodie kam mir vieles unwesentlich vor. Zu meinem Glück verstand mich meine Frau, vielleicht mehr als ich mich selber, und respektierte meinen Zustand, obwohl sie damals meine Abreise missbilligt hatte.

Manchmal greife ich an mein linkes Handgelenk, aber das elektronische Armband ist fort. Sie sind übrigens gar nicht elektronisch, sondern sie werden von dem Artefakt erzeugt, das auch die Diener hervorbringt, und wie sie funktionieren, konnten mir die Méauwwi auch nicht erklären. Jedenfalls passen sie sich der Körperelektrizität an, was bewirkt, dass man sie nicht spürt, wenn man sie trägt.

Wenn ich abends alleine bin, laufe ich manchmal fast nackt herum, ich habe mich an das Kratzen der Kragen, die mangelnde Bewegungsfreiheit in den Sakkoärmeln und die Unmöglichkeit, durch den dicken Stoff hin-

durch die Beschaffenheit der Oberflächen und den Zug der Luft zu spüren, noch nicht wieder vollständig gewöhnt.

Die Stadt ist mir nicht mehr so vertraut wie früher. Ein Hund an der Leine, eine Schweinehälfte beim Metzger wären mir früher gar nicht aufgefallen, jetzt berührt es mich unangenehm. Der Ton der Leute klingt für mich jetzt aggressiv, der Blick sieht aus wie starr voraus gerichtet, ohne zu beachten, dass links und rechts auch noch Menschen leben. Obwohl unsere Arbeitszeiten kürzer sind als bei den Méauwwi, sind wir hier pausenlos beschäftigt.

Die Kälte habe ich ganz gut verkraftet - bis auf einen leichten Schnupfen, und es kam mir am ersten Tag unwahrscheinlich kalt vor.

Vor mir liegen meine Aufzeichnungen, die mir die Atlaan mitgegeben haben. Sie sehen tatsächlich täuschend echt wie Fotokopien aus. Jetzt, nachdem sie auf Diskette abgetippt sind, schaue ich sie noch einmal durch. Manches ist mühsam auf Holzplättchen gekritzelt, manches auf Metallfolie, auch Kopien von Bleistift auf Geschäftspapier des Sonnenreiches sind dabei. Sogar Stichworte, in Obstschalen gestanzt, hatten sie mir kopiert. Die Diener hatten alles sorgfältig verwahrt. Es war ein großer Stapel Papier. Ich sehe ihn ab und zu durch, finde aber keinen Hinweis mehr, der auf eine fremde Welt deuten würde.

Es ist dunkel geworden. Meine Frau ist mit meiner Tochter noch nicht zurück. Ich ziehe den 'Stern der Nacht', den kleinen Stein, den Alo'ha mir im Namen des Südseevolkes geschenkt hat heraus. Im Licht der Schreibtischlampe wirkt er matt und stumpf. Wenn ich das Licht ausmache, hat er einen schwachen, rätselhaften Lichtschein. Mein einziger greifbarer

51

Hinweis auf eine Welt, die ich verlassen habe. Nur manchmal wecken der Geruch einer bestimmten Seife, oder das polierte Holz des Tisches mit dem nackten Bein zu berühren, abends, beim Schlafengehen, die Erinnerung.

Vor allem aber ich selbst bin nicht mehr der selbe.

Früher waren Gegner für mich Gegner, jetzt frage ich mich manchmal, was aus Dr. Kurowsky geworden ist, aus Kapitän Tomek und aus Professor Heißschmied. War die Burg gestürmt worden? Hatte die 'Unsichtbare Sonne' sie geschützt? Wäre es gut gewesen, unsere Gastgeber zu warnen? Es wäre zu riskant gewesen, ich wusste es genau. Aber meine Reise hat mich verändert. Ich kann in meine 'Pech-für-sie!'-Einstellung nicht mehr zurückfinden.

Mittlerweile ist es ganz dunkel. Der Sternenhimmel erscheint mir heute besonders schön, da ich weiß, dass ihn die Méauwwi nie zu Gesicht bekommen. Meine Gedanken tragen mich hinaus. Wie viele Welten es dort geben mag? Meine Gefühle sagen mir aber, dass der Tropenplanet nicht unter diesen Sternen zu finden ist, es muss so etwas wie eine Parallelwelt sein, weit jenseits dessen, was mir aus unserer Wissenschaft bekannt ist.

52

Die Méauwwi glauben an ein höchstes Wesen. Ihre Schuld sehen sie darin, dass sie, die sie - aus ihrer Sicht gesehen - so viel geschenkt bekommen, sich nicht kompromissloser zu diesem höchsten Wesen emporschwingen. Diese Fragen hatten mich nie ernsthaft beschäftigt. Jetzt bin ich davon angehaucht. Jetzt scheint mir vieles nicht mehr so zufällig, eine Begegnung an der Tankstelle, ein Gesicht, das mir auffällt. Die Méauwwi sprechen von einer 'Höheren Melodie', die durch das Leben weht. Auch die führenden Solarier glauben an etwas Höheres. Aber im Unterschied zu den Méauwwi glauben sie, mit den höchsten Mächten ringen zu können, um ihnen das Heft aus der Hand zu winden. Irgendwie hatte ich das auch immer geglaubt, wie ein Segler, der gegen den Sturm kämpft.

Glücklicherweise habe ich eine verständnisvolle Frau, die sich freut, wenn ich mich für das Leben interessiere.

Meine Frau kommt gerade mit unserer kleinen Tochter nach Hause, hiermit beschließe ich das Nachwort. Sollte ich je Nachrichten aus jener fremden Welt erhalten, aus Solaria, von den Méauwwi oder von den Reisenden zwischen den Welten Klatuu und Siniín, verspreche ich dem Leser, sie in einem zweiten Teil anzufügen.

Begriffe

All-Harmonie	Wirken des Allgeistes im Leben der →*Méauwwi* und in der Natur.
All-Sicherheit	Geheimdienst der →*Méauwwi* (Äußere Sicherheit).
Anti-Grav-	siehe →*Gegenschwerkraft*
Armband	Gedankenüberträger als Hilfe zur Steuerung der →*Diener*.
Atlaan	Raumfahrendes Volk, Mitbegründer der →*Méauwwi*-Kultur, Erschließer des uralten Artefakts zur Erzeugung der →*Diener*, Verbindung zu anderen Welten.
Biene	→*Diener*-Kathegorie D, weiblich, asiatisch, grüne Augen, besonders geeicht auf Gedanken des 'Wassers', Gefühle, Wünsche, Stimmungen, Neigungen, Kinderpflege, Garten.
Diener	Synthetische Wesen, erzeugt von einem Überbleibsel einer untergegangenen Zivilisation. Grundlage der Technik der →*Méauwwi*. Setzen als →*Gedankenverstärker* intelligentes Bewusstsein nach Abgleich mit dem →*Gesetz* in Aktion um.
Dunkles Gesetz	Dämonen-Glaube mancher →*Wilder*.
Energieaufladung	der →*Diener* : Selbstaufladung mit kosmischer Energie. Dabei inaktiv.
Gedankenver-stärker	Funktionsprinzip der →*Diener*
Gedankennotsignal	Möglichkeit der →*Méauwwi*, durch intensive gemeinsame Gedanken eine (nicht vorhersehbare)Reaktion der →*Diener* auszulösen. Kinderstreich.
Gegenschwerkraft (gleiter)	Technologie der →*Méauwwi* und der →*solarischen* Geheimstreitmacht, die Schwerkraft zu überwinden und damit Fahrzeuge anzutreiben.
Gesetz (der →*All-Harmonie*)	auch: Gesetz der →*Diener*, allgemein gültiges Gesetz der →*Méauwwi*, (zentripetale) Ausrichtung auf das höchste Prinzip der →*All-Harmonie*.
Grotte	gegen Strahlung abgeschirmter Raum zur Verinnerlichung.
Grünes Land	(Grünes Land unter der roten Sonne), Heimat der →*Méauwwi*.
Hoher Rat von →*Méauwwi*	Wacht im Auftrag des Volkes über die Einhaltung des Gesetzes.
Kapelle	siehe →*Grotte*
Méauwwi	Aussprache: Mé-(wie Meer)au-(wie auch)wwi(wie Whiskey mit sehr starkem Wh und i wie nie).Land/Volk der Inneren Sonne (→*Südsee*-Sprache). Bezeichnet ihre Welt, ursprüngl. das →*Südsee*-Volk, jetzt alle →*Méauwwi*, die Gesellschaftsform, den Staat(so weit es ihn gibt) und die alte →*Südsee*-Sprache.
Morgentrunk	Belebender Heiltrunk der →*Méauwwi* zum Erwachen.
Morloks	hier: Hauer = →*Diener*-Kathegorie C, männlich, negroid, blaue Augen, besonders geeicht auf Gedanken der 'Erde': Handgriffe, Funktionen, Materialien, Formen, Kräfte, Berechnungen. Nach 'Morloks' und 'Eloi', unterirdischen menschenfressenden Ungeheuern und ihren paradiesischen Opfern aus H.G. Well's Roman „Time Machine"
M'rara	Riesengänse, leben mit dem αSüdsee-Volk der →*Walla Walla*.
Ñ'gongo	Silberbären, Bärenhunde, leben mit den →*Méauwwi*
Nonne	→*Diener*-Kathegorie B, weiblich, kaukasisch, violette Augen, besonders geeicht auf Gedanken der 'Luft': Überlegungen, Worte, Schrift, Mathematik, Überschau, Sprachverständnis, Organisation, Sozialordnung.
Paralysator	Waffe der →*All-Sicherheit*. Betäubt Lebewesen, zerstört →*Diener*.
Shen Shi	Traditionelle Kunst der asiatischen Minderheit der →*Méauwwi*. Ermöglicht, in die Erlebniswelt eines anderen einzutauchen.
Solaria	Name der →*Méauwwi* für die von den →*Solariern* beherrschte Welt
Solarier	Herrschendes weißes Volk auf →*Solaria* . (sog. Sonnenvolk).
Sonnenvolk-Partei	Herrschende Partei auf →*Solaria*. Sonnenvolk = →*Solarier*.
Südseemenschen	Bevölkerungsmehrheit und nach den →*Wilden* ältestes Volk der →*Méauwwi*.
Volkssicherheit	Geheimdienst der →*Sonnenvolk-Partei*. Fast Alleinherrscherin in →*Solaria*.
Wache	→*Diener* Kategorie A, männlich, vorderorientalisch, rote Augen, besonders geeicht auf Gedanken des 'Feuers': Reaktionen, Instinkte, Intuition, Körperbewegungen.
Walla Walla	Teil der →*Südsee*-Menschen. Lebt bevorzugt in Baumhäusern.
Wilde	Urbevölkerung, vor dem Auftreten der →*Diener* herrschende Rasse des Tropenplaneten
Winterlande	.siehe →*Solaria*

Bev. in Mio.:	Méauwwi	Solaria	Erde
Goten	44	84	224
sonst. Weiße	0	156	896
Südsee	104	24	112
Farbige	34	300	896
Asiaten	14	540	2.240
Urein-wohner	4	96	1.232
	200	1.200	5.600

Méauwwi

Asiaten 7%
Urein-wohner 2%
Goten 22%
Farbi-ge 17%
Südsee 52%

Erde

Ureinwohner 22%
Goten 4%
sonst. Weiße 16%
Insulaner 2%
Farbige 16%
Asiaten

Solaria

Goten 7%
Urein-wohner 8%
sonst. Weiße 13%
Südsee 2%
Farbige 25%
Asiaten 45%

Alle Angaben beruhen auf Schätzungen - in Méauwwi auf ungeprüften Angaben.
Die Kreise geben einen Eindruck von der Größe der Bevölkerungen der drei Kulturen sind aber nicht rechnerisch proportional.
Tatsächlich gibt diese Statistik nur einen sehr vagen Eindruck, die Übergänge von Völkern, Rassen, Kulturen und politischen Zugehörigkeiten sind fließend.

Anmerkung: Der Autor ist ein Feind von jeglichem Rassismus und verwahrt sich strikt gegen jegliches Gedankengut, daß aus Rasseunterschieden Werturteile ableitet.

Wohnungen	Bewohner in %	Völker s.u.
Hausboote	14,2	S,G,
Hohle Bäume	9,1	S
Höhlen	11,4	F,S,G
Vulkanschächte	2	F,S,G
Langhäuser	13,8	S,W
Pfahlbauten	8,8	A,S
Lehmhäuser	6,4	F
Bachlaufhäuser	22,9	S,G,A,F
Polardörfer	4,1	G
Ruinen	1,2	S,A,G
Schlösser	3,9	S,G,A,F
Hauptstadt	2,2	S,F,G,A
zus.	100	S,G,F,A,W,

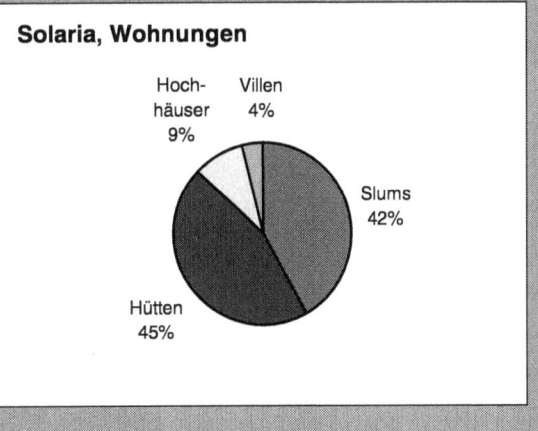

Solaria, Wohnungen

Hochhäuser 9%
Villen 4%
Slums 42%
Hütten 45%

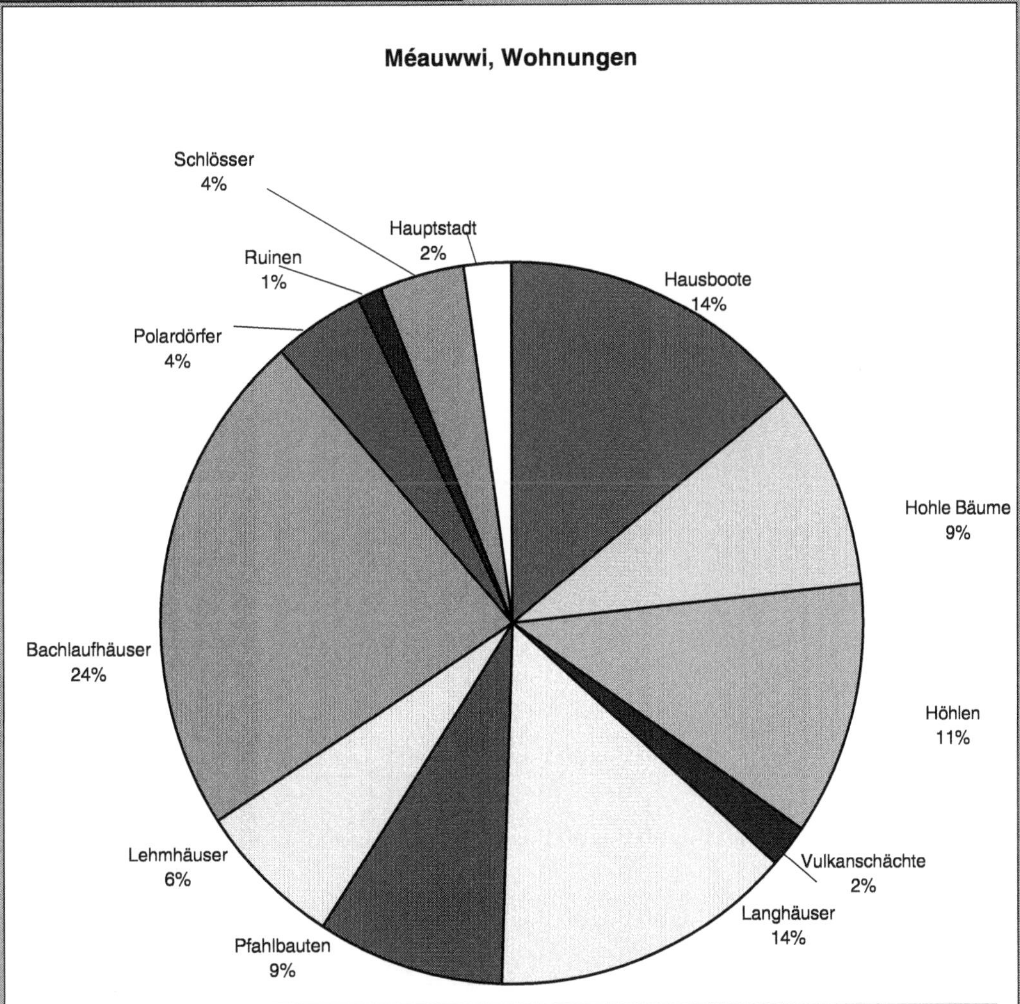

Méauwwi, Wohnungen

Schlösser 4%
Hauptstadt 2%
Ruinen 1%
Polardörfer 4%
Hausboote 14%
Hohle Bäume 9%
Höhlen 11%
Bachlaufhäuser 24%
Vulkanschächte 2%
Langhäuser 14%
Lehmhäuser 6%
Pfahlbauten 9%

Die Buchstaben S, G, A, F, W geben an welches Volk am meisten in der Wohnform lebt.
Die Größe der Völker ist im vorherigen Diagramm angegeben. Auf Méauwwi gehen viele
Wohnformen in einander über.
Alle Werte von Solaria sind grob geschätzt.
Die Werte von Méauwwi sind ungeprüfte Angaben.

S=Südsee   G=Goten   A=Asiaten   F=Farbige   W=Wilde

in %	Méauwwi	Solaria	Erde
Obst	44	10	5
Gemüse	30	11	10
Getreide	21	32	50
Fleisch	0	23	20
Kunstprod.	3	10	5
Milch	1	14	10

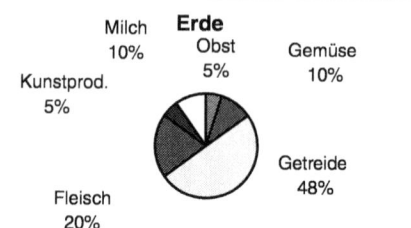

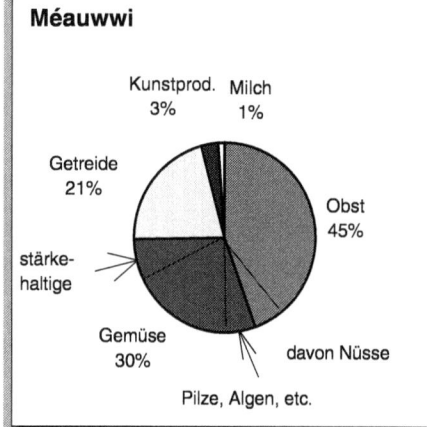

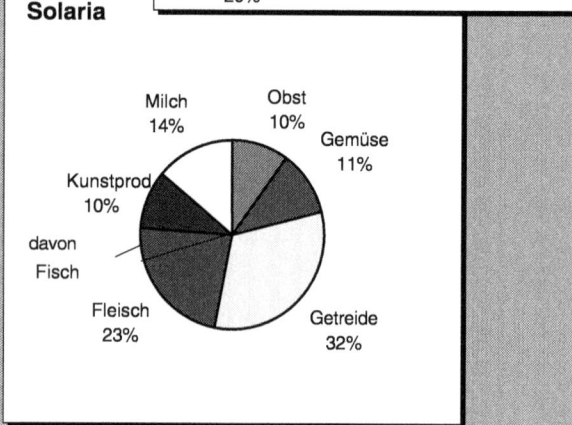

Die Angaben über die Erde und Solaria beruhen auf sehr groben Schätzungen, die Angaben über Méauwwi auf ungeprüften Angaben.

Die Angabe "stärkehaltige Gemüse" in Méauwwi bezieht sich auf Grundnahrungsmittel, die es bei uns nicht gibt, die etwa Kartoffel, Sojabohne, Erbse, u.ä. ersetzen.

Die Angaben beziehen sich auf die ganze Bevölkerung ab dem Schulalter.

In Solaria werden die größten Mengen verzehrt, in Méauwwi die geringsten.

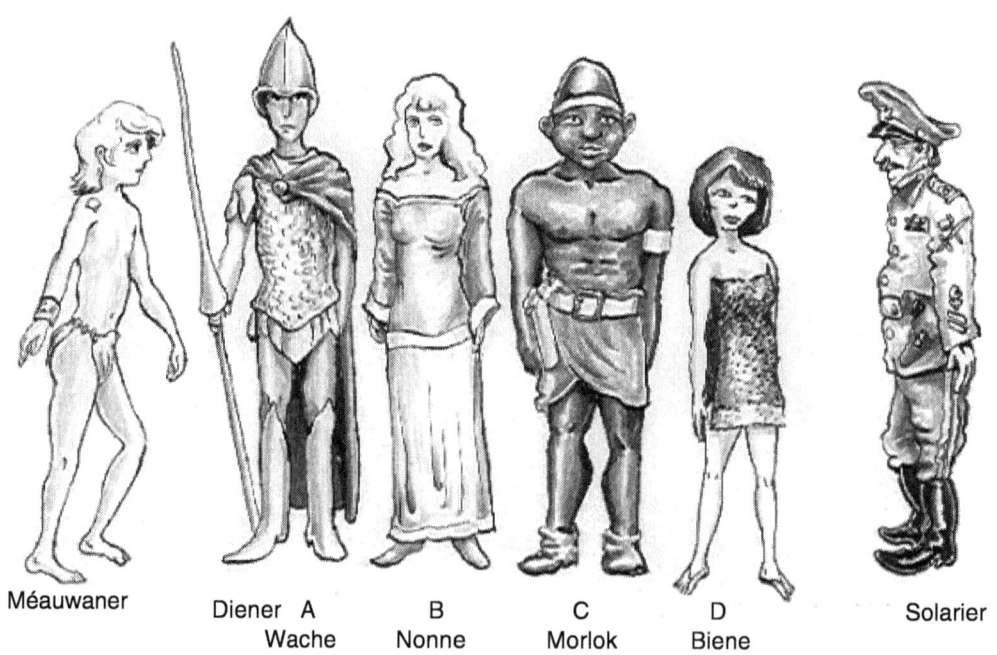

Méauwaner   Diener A   B   C   D   Solarier
Wache   Nonne   Morlok   Biene

Zum Autor:

Der Autor wurde 1960 auf amerikanischem Territorium
in einer europäischen Großstadt geboren.
Er lebt heute mit seiner Familie in Harthaus, Deutschland.

Weitere Werke in Vorbereitung:
„Saphir, das Geisterschiff" von Lairgh McDougall

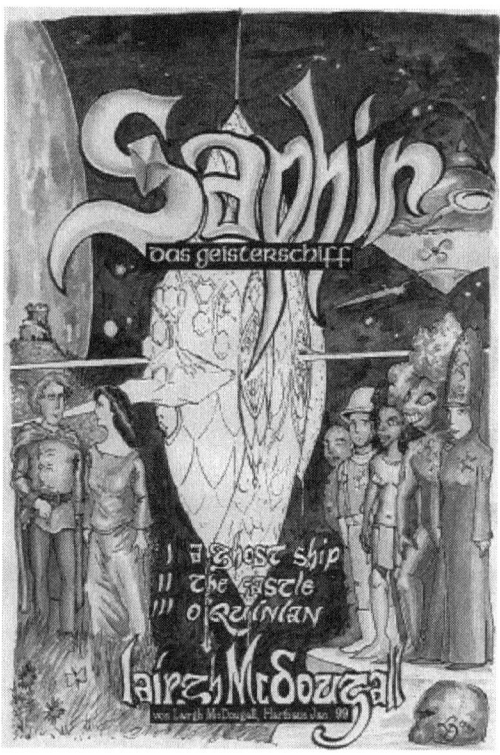

ab ca Juni 2001 über Libri Books on Demand
und im Buchhandel erhältlich.

Das vorliegende Buch ist erhältlich online bei Libri über http://www.libri.de
sowie über jede Buchhandlung.
Besonderer Dank gilt dem Sponsor Website-Creativ, der Internet-Sparte der
Jakob Reiter GmbH & Co. KG. Aktuelle Informationen unter
http://www.website-creativ.de/literatur.html.